Sólo importas tú

EMILIE ROSE

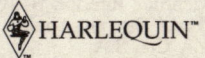

Editado por HARLEQUIN IBÉRICA, S.A.
Núñez de Balboa, 56
28001 Madrid

© 2008 Emilie Rose Cunningham. Todos los derechos reservados.
SÓLO IMPORTAS TÚ, N.º 1706 - 3.3.10
Título original: Wed by Deception
Publicada originalmente por Silhouette® Books.

Todos los derechos están reservados incluidos los de reproducción, total o parcial. Esta edición ha sido publicada con permiso de Harlequin Enterprises II BV.
Todos los personajes de este libro son ficticios. Cualquier parecido con alguna persona, viva o muerta, es pura coincidencia.
® Harlequin, Harlequin Deseo y logotipo Harlequin son marcas registradas por Harlequin Books S.A.
® y ™ son marcas registradas por Harlequin Enterprises Limited y sus filiales, utilizadas con licencia. Las marcas que lleven ® están registradas en la Oficina Española de Patentes y Marcas y en otros países.

I.S.B.N.: 978-84-671-7847-0
Depósito legal: B-1393-2010
Editor responsable: Luis Pugni
Preimpresión y fotomecánica: M.T. Color & Diseño, S.L.
C/ Colquide, 6 portal 2 - 3º H. 28230 Las Rozas (Madrid)
Impresión y encuadernación: LITOGRAFÍA ROSÉS, S.A.
C/ Energía, 11. 08850 Gavá (Barcelona)
Fecha impresion para Argentina: 30.8.10
Distribuidor exclusivo para España: LOGISTA
Distribuidor para México: CODIPLYRSA
Distribuidores para Argentina: interior, BERTRAN, S.A.C. Vélez Sársfield, 1950. Cap. Fed./ Buenos Aires y Gran Buenos Aires, VACCARO SÁNCHEZ y Cía, S.A.
Distribuidor para Chile: DISTRIBUIDORA ALFA, S.A.

Prólogo

—«Y, por último, a mi hija Nadia...» —Richards, el abogado de la familia, hizo una pausa en la lectura del testamento de Everett Kincaid y buscó la mirada de la joven al otro lado de la mesa.

Nadia tragó saliva. Ella y su formidable, y ahora difunto, padre habían tenido siempre una relación de amor-odio, de modo que se temía lo peor. Las condiciones que el retorcido testamento imponía a sus hermanos iban a complicarles mucho la vida durante todo un año y temía descubrir cómo su «querido padre» había planeado volverla loca a ella.

Cuando Richards se dio cuenta de que estaba pendiente de él, volvió a concentrase en el documento:

—«Tu trabajo es admirable y tu dedicación a la línea de cruceros Kincaid sin tacha...».

Nadia se puso aún más tensa.

Aquello no sonaba bien. Cuando su padre empezaba con un cumplido siempre terminaba con un insulto. Le gustaba que te hicieras ilusiones para luego aplastarlas fríamente.

—«Pero tu trabajo y tus frívolas amistades son todo lo que tienes. Te has rodeado de gente que no piensa en el futuro, que depende del dinero de sus padres y jamás hace planes más allá de la próxima fiesta».

Nadia hizo una mueca ante la exactitud de tal afirmación. Su padre nunca había entendido que le gustaban sus amigos precisamente porque estaban demasiado ocupados pensando en sus propios asuntos como para interesarse por los suyos.

–«Tienes veintinueve años, Nadia. Es hora de que te hagas mayor, te responsabilices de tus actos y descubras lo que de verdad quieres de la vida. Con eso en mente, he decidido echarte del nido».

Nadia escuchó una campanita de alarma en su cerebro.

–¿Echarme del nido? ¿Se puede saber qué significa eso?

–«A partir de este momento» –siguió leyendo Richards–, «estás en excedencia de tu puesto como directora de servicios de los cruceros Kincaid. No podrás volver a las oficinas ni a la mansión Kincaid durante un año».

Nadia miró a sus hermanos, desconcertada. ¿No podía ir a su propia casa? ¿Y dónde iba a vivir? Con una simple firma, su padre le había quitado el trabajo, la casa, cualquier santuario que pudiera buscar en Miami… ¿y por qué?

–«Residirás en mi ático de Dallas durante 365 días consecutivos».

–¿Papá tiene… tenía un ático en Dallas?

Richards levantó una mano para pedir su atención:

–«No podrás buscar otro empleo remunerado ni dar fiestas en ese ático. Espero que te dediques a buscar otro tipo de gente. Y, para evitar que organices fiestas todas las noches con alguna pandilla de holgazanes, debes estar en el ático entre la medianoche y la seis de la madrugada cada día».

Nadia abrió la boca y volvió a cerrarla.

–¿A medianoche, como Cenicienta?

–«Si no cumples las condiciones de este testamento» –siguió Richards con tono monocorde–, «lo perderás todo. Y no sólo tú, también tus hermanos».

Sus hermanos. Nadia miró a Mitch, a su derecha y a Rand, sentado al final de la mesa del salón de los Kincaid.

–¿Os lo podéis creer? ¡Me está castigando durante un año en mi habitación como si fuera una niña pequeña! Esto es ridículo. No pienso hacerlo.

–No tienes más remedio –dijo Mitch tranquilamente. Ah, qué típico de Mitch mostrarse tan frío en medio de una crisis.

–No puedo dejar mi trabajo, mi casa, mis amigos...

–Sí puedes –Rand se echó hacia delante, poniendo las manos sobre la mesa. Como hermano mayor, siempre había sido al que Nadia acudía con sus problemas... hasta que se marchó de Miami cinco años antes, dejando la empresa y a la familia sin mirar atrás.

–Ya has oído a Richards, tienes que hacerlo. Si no, Mitch y yo lo perderemos todo. Pero no te preocupes, nosotros te ayudaremos.

–¿Cómo? Los dos tenéis que quedaros en Miami mientras a mí me exilia en Dallas.

–Dallas tampoco es el Ártico, mujer –Mitch apretó su hombro. Él había sido su apoyo desde que Rand se marchó, la persona con la que podía contar pasara lo que pasara–. Nosotros te enviaremos suministros.

–Pero esto es absurdo.

Richards se aclaró la garganta.

–Hay más.

¿Más? ¿Aún iba a ser peor? Nadia se clavó las uñas en las palmas de las manos.

–«Te he permitido demasiado. Al contrario que tus hermanos, tú nunca has intentando vivir en el mundo real fuera de la mansión Kincaid, ni siquiera cuando estudiabas en la universidad. Es hora de que aprendas a cuidar de ti misma, Nadia, porque tus hermanos no estarán siempre ahí para sacarte de apuros».

Ella se puso colorada. Sí, bueno, había tenido que pedirles ayuda un par de veces. ¿Y qué? Todo el mundo tenía problemas.

–«No tendrás criados, ni cocinera ni chófer a tu disposición».

Nadia notó que empezaba a darle vueltas la cabeza. Aparte de que probablemente se moriría de hambre, ella no tenía permiso de conducir antes del accidente y no había tenido razón alguna para sacárselo después. Nerviosa, se levantó de la silla y empezó a pasear por la habitación.

–«Aprenderás a conducir y aprenderás a sobrevivir con una pensión mensual de dos mil dólares...»

–¿Una pensión de dos mil dólares? –gritó. Ella se gastaba más en un solo vestido.

–«Como no tendrás que pagar alquiler, esa cantidad será más que suficiente para atender tus necesidades, pagar los recibos y todo lo demás. Depender de un presupuesto mensual te ayudará a entender mejor a los empleados y los clientes de la empresa Kincaid».

¿Su padre pensaba que no podría vivir con un presupuesto tan pequeño? Sí, bueno, nunca había tenido que controlar sus gastos, pero no podía ser tan difícil. Al fin y al cabo, ella tenía un título en Económicas y manejaba millones de dólares de la empresa a diario.

–Esto es una locura. ¿Mi padre había perdido la cabeza o qué? ¿Puede hacerme esto, Richards?

Las espesas cejas del abogado se levantaron como dos tejados picudos sobre las gafas.

–Uno puede hacer lo que le plazca con sus posesiones y tu padre no te pide que hagas nada ilegal o inmoral. ¿Debo repetir que si no respetas los términos del testamento tú y tus hermanos perderéis todas las posesiones de vuestro padre? La línea de cruceros Kincaid, la mansión, todas las propiedades a su nombre y todas sus acciones serán vendidas a la línea de Cruceros Mardi Grass, su mayor competidor, por un dólar. A vosotros os quedarán sólo vuestros fondos personales.

De los cuales ella tenía… cero. Debido a su obsesión por mantener el cuerpo y la mente ocupados hasta que caía en la cama rendida cada noche, Nadia vivía de mes a mes con el sueldo que le pagaban en la empresa, sin ahorrar un céntimo.

–No, no hace falta que lo repitas. Mi padre ha dejado bien claro que si alguno de nosotros no cumple sus condiciones lo perderemos todo. ¿Pero por qué a la línea de cruceros Mardi Grass precisamente? Mi padre odiaba a muerte a esa empresa. Y yo también. Sus tácticas de competencia desleal nos han costado una parte del mercado.

Richards se encogió de hombros.

–Everett nunca me contó el porqué.

Rand golpeó la mesa con los dedos.

–Nadia, aunque me gusta la idea de que papá se revuelva en su tumba al ver el logo de Mardi Grass pintado en sus barcos, tampoco yo quiero que ese canalla vuelva a ganarnos otra batalla.

Mitch asintió con la cabeza.

–Estoy de acuerdo. Tenemos que luchar. Hay demasiado en juego.

Nadia sabía muy bien que había millones en juego, no tenían que decírselo.

Entonces estudió a sus hermanos: Rand se había hecho una vida en otro sitio, pero Mitch vivía y respiraba para los cruceros Kincaid. Como ella, nunca había trabajo para otra compañía. La empresa Kincaid era su universo y ella no quería ser responsable de que la perdiera.

Podía ver por la resignación en sus caras que tanto Rand como Mitch esperaban que fuera ella quien no cumpliese las condiciones. Y eso le dolió. ¿Pero qué había hecho ella por sus hermanos? Rand y Mitch siempre estaban haciéndole favores sin esperar nada a cambio.

Sabía qué había tramado su padre; aquello era otra prueba. A Everett Kincaid se le daba bien poner a prueba a sus hijos, especialmente a ella porque le recordaba a su difunta esposa. Y siempre había creído que Nadia se rompería al final, como ella. ¿Por qué si no la habría obligado a soportar más de una década de terapia y ahora un año de confinamiento?

Pero le demostraría que estaba equivocado. Les demostraría a todos que estaba equivocado.

Sobreviviría aquel año en Dallas sin su trabajo, sin sus amigos y sin la seguridad de su familia. ¿Qué otra cosa podía hacer? Sus hermanos habían estado a su lado cuando su vida tomó un rumbo peligroso once años antes y ahora debía hacer algo por ellos.

Su padre evidentemente esperaba que ella fuese el eslabón más débil, pero iba a llevarse una desilusión. O se la llevaría si estuviera vivo. No iba a fracasar. Le demostraría a todo el mundo que la única hija de Everett Kincaid era dura. Que no sólo había heredado la cabeza de su padre para los negocios sino también su obstinada personalidad.

Podía hacerlo.

No. Iba a hacerlo.

Sencillamente, tendría que encontrar alguna forma de evitar los recuerdos que no fuera trabajando o yendo de fiesta.

De modo que, con la cabeza bien alta y las rodillas temblorosas, Nadia miró al abogado.

—¿Cuándo tengo que marcharme?

Capítulo Uno

Tan silencioso como una tumba. Después de ocho semanas jugando a las casitas, Nadia Kincaid sentía como si la hubieran enterrado viva en aquel lujoso ático.

Bonita cripta, pero una cripta al fin y al cabo.

Ni siquiera tenía vecinos con los que distraerse. Los del ático de al lado estaban ausentes desde que ella llegó a Dallas y el resto de los pisos ocupados en el rascacielos eran oficinas... que no parecían agradecer que los vecinos hicieran visitas extemporáneas. Ni siquiera cuando llevó una bandeja de galletas.

Nadia dobló el trapo del polvo, se puso las manos en las caderas y miró las estanterías llenas de libros y películas que Rand le había enviado. Se había prometido a sí misma que aguantaría un año en Dallas sin la ayuda de sus hermanos, pero tampoco quería morirse de asco. De modo que, al final, aceptó los regalos.

Con las películas y los libros pasaba el rato y, gracias a la televisión por satélite, había aprendido a cocinar. Y como cocinar era muy sucio, también había aprendido a limpiar. Incluso había logrado hacer la colada sin cargarse la ropa. En fin, había aprendido a hacer todas esas pequeñas cosas que alguien había hecho por ella desde que era pequeña. Y se sentía orgullosa de haber cometido sólo algún que otro pequeño error.

«Mira, papá, dos meses y aquí sigo. Seguro que no te lo esperabas».

Había visto y leído prácticamente todos los éxitos de los últimos cinco años, pero lo mejor era que había encontrado un supermercado que le llevaba las cosas a casa. Eso, había descubierto, era más barato que tomar un taxi para ir y venir de la tienda.

El único reto con el que aún no se había atrevido era conducir. Aún no estaba preparada para ponerse tras el volante de un coche.

Después del daño que había hecho desde el asiento del pasajero...

Ese recuerdo hizo que buscase una distracción inmediatamente, como hacía siempre que el pasado salía de su tumba.

Volviendo a tomar el trapo del polvo, lo pasó por la estantería y dirigió su furia contra su padre.

Everett Kincaid había vuelto a subestimarla obligándola a vivir encerrada en aquel ático para que «se encontrase a sí misma» mientras sus hermanos podían hacer casi todo lo que les diera la gana.

Bueno, Rand había tenido que volver a Miami para dirigir la línea de cruceros Kincaid después de cinco años de autoexilio y Mitch pronto sería el papá del hijo ilegítimo de su padre, pero Mitch no había tenido que dejar su trabajo en la empresa.

Mientras ella se dedicaba a ver cómo le crecían las uñas.

Sí, estaba furiosa con su padre por tratarla como si fuera una niña, pero la verdad era que le dolía saber que no volvería a discutir con él. No habría más peleas por el periódico durante el desayuno en la mansión Kincaid, ni más sermones, ni más discusiones porque él tomaba una decisión en el departamento sin contar con ella. Ya no tendría que levantar la mirada durante una velada social sabiendo que él estaba vigilándola.

Vigilándola y esperando que metiese la pata para sacarla del apuro.

Tres meses antes estaba furiosa por esa vigilancia y sí, debía admitir que en los últimos años había hecho alguna que otra barbaridad sólo para sacarlo de quicio. Y, sin embargo, ahora echaba de menos saber que alguien la quería de verdad. Sus hermanos la querían, pero ellos tenían sus vidas y que ella desapareciese durante un año no sería un gran problema para ninguno de los dos.

«Pero tú no deseas querer a nadie de verdad. Querer significa perder y perder significa sufrir».

«Y la autocompasión es patética. Cállate ya».

Pero estaba harta del trabajo doméstico. Su cerebro se estaba atrofiando. El testamento estipulaba que no podía buscar trabajo, pero necesitaba algo más que cocinar, limpiar el polvo y ver una película mientras esperaba oír algún ruido en el rellano.

El guardia de seguridad y Ella, la criada de los vecinos, debían pensar que estaba acosándolos porque corría para charlar un rato con ellos cada vez que sonaba la campanita del ascensor.

Nadia miró por la ventana, pero sólo podía ver su propio reflejo en el cristal tintado y no los tiestos con flores y tomates que le había enviado Mitch. Luego miró el reloj de la pared. ¿Las once? ¿Donde había ido el tiempo? Sin trabajo al que ir todos los días ni eventos sociales para ocupar sus noches, el tiempo parecía escapársele de las manos.

Lentamente, como una eternidad.

Debería encontrar una afición, algo con lo que entretenerse, pero eso tendría que esperar hasta la mañana siguiente. Y no pensaba llamar a nadie para pedir ayuda. Tenía que solucionar el problema ella misma.

¿Qué podía hacer para ocupar el tiempo antes de irse a dormir? Con las tres horas de diferencia, ya era demasiado tarde para llamar a sus hermanos y preguntarles cómo iban sus noviazgos.

Los dos se habían enamorado durante su lunático confinamiento y no estaban teniendo ningún problema para cumplir las condiciones impuestas para ellos en el testamento. Y su felicidad sólo servía para recordarle que ella no podía fallar. Su padre y sus hermanos esperaban que lo hiciera, pero iba a ser ella quien diese el golpe final.

Nadia respiró hondo, con más confianza de la que sentía en realidad, antes de buscar un DVD de gimnasia. Si hacía los ejercicios dos veces seguramente acabaría rendida y podría irse a la cama.

Intentando reunir algo de entusiasmo, se dirigía al reproductor de DVD cuando un ruido la interrumpió. ¿Un ruido en el rellano? Era demasiado tarde para la criada de los vecinos, que iba dos veces por semana, y como la seguridad en aquel edificio era mayor que en el Pentágono, resultaba difícil creer que fuese un ladrón.

¿Entonces qué era? ¿Gruñón, o sea Gary, el guardia de seguridad que trabajaba los lunes por la noche? Ella no le caía bien a Gary. No le caía bien a ninguno de los guardias de seguridad.

Pero aquélla no era la hora a la que Gruñón solía

hacer su ronda, de modo que Nadia se dirigió a la puerta y puso el ojo en la mirilla.

De espaldas a ella, un tipo alto y rubio con un traje gris estaba metiendo la llave en la cerradura del otro ático. Llevaba un maletín de piel de avestruz en la mano izquierda y había dejado una bolsa de viaje de Louis Vuitton en el suelo.

¿Su vecino? ¡Aleluya! Alguien nuevo con quien hablar. Cuando abrió la puerta, el hombre se dio la vuelta, sorprendido...

No. No podía ser.

Nadia dio un paso atrás y su espalda chocó contra el picaporte de la puerta, pero apenas se dio cuenta. Su corazón latía a tal velocidad que empezaba a marearse.

No.

No podía ser Lucas.

Lucas estaba muerto.

Pero el hombre que había delante de ella era idéntico a su difunto marido.

–¿Nadia?

De repente, ella empezó a ver puntitos negros y sintió que su frente se cubría de un sudor frío. Abriendo la boca para llevar aire a sus pulmones, se agarró al quicio de la puerta.

–Nadia, ¿estás bien?

No podía moverse, no podía respirar, no podía parpadear. Transfigurada, miraba la aparición que había frente a ella...

–Baja la cabeza.

Una mano fuerte empujó suavemente su nuca, obligándola a poner la barbilla sobre el pecho. Pero se le doblaron las piernas y cayó de rodillas, la frente apoyada en la alfombra Aubusson.

«Lo has hecho. Por fin, has pedido la cabeza. Como esperaba tu padre».

«Cuando abras los ojos sólo verás a un extraño, no a tu difunto marido. O a lo mejor no hay nadie en el rellano».

Pero la mano firme, cálida y masculina le parecía tan real.

Y tan familiar.

Cuando el rellano dejó de dar vueltas, Nadia apartó esa mano y, agarrándose a la pared, se incorporó un poco.

Pero parpadear varias veces seguidas no cambió nada. El hombre que estaba arrodillado a su lado seguía pareciendo Lucas Stone. Su pelo rubio oscuro era más corto de lo que ella recordaba y su rostro más delgado y con algunas arruguitas alrededor de los ojos, pero ésos eran los ojos grises de Lucas. Ésa era su nariz, ligeramente torcida hacia la derecha, y ése su mentón cuadrado.

—Tú estás… muerto.

Las comisuras de unos labios que una vez había amado besar se inclinaron hacia abajo.

—Que yo sepa, no.

—Mi padre me dijo… no pude ir al funeral. Yo… él me dijo que habías muerto en el accidente.

Con el ceño arrugado, el doble de Lucas se puso en cuclillas.

—¿Kincaid te dijo que yo había muerto?

Nadia tragó saliva mientras asentía con la cabeza.

—Será bastardo —levantándose, Lucas le ofreció su mano.

Nadia vaciló, mirando esos largos dedos, en uno de los cuales llevaba una alianza de oro la última vez que se vieron; una alianza que seguía guardada en una caja, en su casa.

Tomar su mano sería como creer en esa ilusión, de modo que Nadia se levantó sin ayuda y miró alrededor por si veía a alguien con una camisa de fuerza. Pero lo único que vio fue el interior del ascensor.

–Esto no es real, no puede serlo. Mañana me despertaré y...

La rubia ilusión la siguió al interior de su apartamento.

Oh, no, no, no. Tenía que llamar a un psicólogo.

«Pero dejaste de ir a su consulta la semana pasada». «¿No te acuerdas?».

Ah, sí, qué gran error.

–De modo que tu padre te dijo que yo había muerto. ¿Qué más te contó?

Nadia intentó encontrar algo a qué agarrarse en medio de su delirio.

–Nada...

El doble de su marido se detuvo a un metro de ella y Nadia notó un aroma... ¿Kenneth Cole Black?

¿Las alucinaciones tenían olor?

Tentativamente, alargó una mano. Pero sus temblorosos dedos no se perdieron en el vacío... no, encontraron un torso firme bajo una camisa de color azul pálido. Nadia puso la mano en ese torso, al lado de la corbata azul y gris... y notó el latido de un corazón.

Real.

No esta muerto.

Lucas no estaba muerto.

Una ola de alegría la embargó, haciendo que su corazón, que ya latía a un ritmo loco, se volviera frenético. Estaba a punto de echarse en sus brazos cuando su euforia desapareció como una nube de azufre.

Un momento.

Nadia le dio un puñetazo en el hombro y el dolor que sintió en los nudillos no era cosa de su imaginación.

—Si no estás muerto, eso significa que me dejaste plantada.

—Tú querías que me fuera —replicó él.

—¿Estás loco? Me arriesgué a que mi padre me desheredase para casarme contigo. ¿Por qué iba a querer que te fueras?

—Tu padre me dijo que lamentabas tu «pequeña rebelión», que habías decidido que vivir en un humilde apartamento no era para ti y que te avergonzabas de tu marido de clase trabajadora. Y que querías el divorcio.

¿Sería eso cierto? ¿Su padre le habría mentido para separarlos?

—Yo no hice tal cosa.

—También me dijo que no podías ni verme porque... —Lucas apretó los labios, sus ojos llenos de tristeza—. Porque yo maté a nuestro hijo y con él todo lo que sentías por mí.

Nadia cerró los ojos. Esa frase había sido como una flecha en su corazón. Se llevó una mano al abdomen, su vacío y plano abdomen, y cuando pudo reunir valor volvió a mirar el rostro que había amado una vez.

—Lucas, tú no mataste a nuestro hijo, fue culpa mía —decir en voz alta lo que no había querido admitir delante de nadie dolía más de lo que había anticipado.

–¿Qué estás diciendo? ¿Qué hiciste?

La frialdad de sus ojos la sorprendió.

–¿Crees que aborté a propósito? Yo nunca... –Nadia sacudió la cabeza–. Quiero decir que yo fui la causante del desastre.

–Era yo quien conducía.

¿Lucas se culpaba a sí mismo? No le desearía esa agonía a nadie, especialmente sabiendo de quién era la culpa en realidad. ¿Cuántas veces se había condenado a sí misma por intentar seducir a su flamante marido mientras iban hacia el hotel donde pasarían su luna de miel? ¿Cuántas veces había deseado haber esperado diez minutos más para ponerse amorosa? Su egoísta despreocupación lo había cambiado todo. Todo.

En unos segundos había pasado de tener el mundo en sus manos a saber que lo más importante era algo que ni todo el dinero del mundo podía arreglar.

–Yo había puesto la mano en tus pantalones...

–Y yo no vi la señal de Stop.

–Porque yo estaba distrayéndote –Nadia apretó su brazo para comprobar que aquello no era un sueño–. Estuve en coma durante una semana. Si no fui a verte es porque no podía.

Lucas la miró a los ojos, como buscando en ellos la verdad y, de repente, la furia lo cegó.

–¡Ese canalla, ese cerdo...!

–¿Quién?

–Tu padre.

Everett Kincaid había hecho muchas cosas malas en su vida y había sido muy claro sobre sus intenciones de desheredarla si se casaba con Lucas Stone. Incluso se negó a acudir a la ceremonia, pero después del accidente se había portado como si nunca hubiera hecho tal amenaza. Nadia creía que era porque al haber estado a punto de perderla se había dado cuenta de que la quería.

Debería haber sabido que no era así. A Everett Kincaid sólo le importaba Everett Kincaid y jamás admitía estar equivocado. Para él, Lucas era un error y había decidido «arreglar» el asunto a su manera. De mala manera. No debería sentirse herida o sorprenderse de que hubiera mentido para sabotear su matrimonio, pero las artimañas de su padre siempre la dejaban pasmada.

Lo que más la sorprendía era que Lucas le hubiese dejado salirse con la suya. Siempre había creído que era el único hombre que podía plantarle cara a su padre.

–Si me hubieras querido de verdad habrías ido a verme de todas formas.

Lucas apretó los labios.

–No podía.

–Por favor... tú eras la persona más decidida que había conocido nunca. No puedo creer que no encontrases la manera de ir al hospital. Estuve en Cuidados Intensivos, enganchada a un montón de máquinas, durante una semana. Te aseguro que no podía salir corriendo.

De repente, Lucas se dio la vuelta, como si no pudiera seguir mirándola. Sus hombros parecían tan rígidos como una tabla... y más anchos que la última vez que se vieron.

–Estaba paralizado de la cintura para abajo. Los médicos me dijeron que las posibilidades de que volviese a caminar eran casi nulas.

Nadia abrió la boca, pero no podía hacer que sus cuerdas vocales funcionasen. Lucas había sido tan viril, tan activo. De hecho, había sido ese cuerpazo lo que la había atraído de él durante el verano que trabajó con el equipo de jardineros que se encargaban de la mansión Kincaid.

–Imagino que debiste pasar un miedo horrible al pensar que no podrías mantener a tu madre y tus hermanas.

Lucas se volvió y a Nadia no le gustó nada su expresión.

–Tu padre me dijo que no podías soportar la idea de estar atada a un inválido.

–¿Y tú lo creíste? ¿No confiabas en que yo dijera la verdad cuando prometí amarte en la salud y en la enfermedad?

–Tú habías sido una princesa toda tu vida. ¿Que si pensé que te conformarías con vivir en la miseria, haciendo de enfermera para un hombre que ni siquiera podía ir al baño por sí mismo? No, la verdad es que no.

Nadia hizo una mueca ante la crudeza del comentario. Pero, de inmediato, sintió una ola de rabia. ¿Por qué todos los hombres de su vida la veían como alguien en quien no se podía confiar?

Muy bien, quizá había cometido algunos errores, pero eso le pasaba a todo el mundo, ¿no? Su padre y Lucas no tenían derecho a tomar una decisión de tal magnitud por ella.

–Deberías haberme dado la oportunidad de demostrar que estaba dispuesta a cuidar de ti.

Lo miró entonces, intentado imaginarlo postrado en la cama, sin poder moverse. No, imposible. Parecía incluso más en forma que once años antes. Y, a menos que se equivocara, y era casi imposible porque ella era una experta en el tema, el traje que llevaba era de Hermès y los zapatos de Prada. O Lucas había dejado de ser un jardinero o había heredado una fortuna.

–Ahora no estás paralizado.

–Gracias a una serie de operaciones y a muchos meses de rehabilitación.

–Y aquí estás –Nadia señaló el lujoso rellano–. ¿Por qué estás aquí?

¿Había imaginado su vacilación?

–Soy el propietario del edificio. Vivo en ese otro ático.

–¿Tú eres el propietario de un rascacielos en el centro de Dallas?

–Sí –contestó él, orgulloso–. ¿Qué haces tú aquí, por cierto?

–Este ático es… era de mi padre.

Lucas guiñó los ojos, sorprendido.

–El departamento jurídico de mi compañía vendió este ático al presidente de una empresa de inversiones.

–Mi padre lo compraría a través de una de sus empresas, supongo –suspiró Nadia.

La cuestión era, ¿por qué había comprado su padre aquel apartamento sin decírselo a nadie, ni siquiera a Mitch, que era su mano derecha…?

–¡Mi padre lo orquestó todo!

–¿Orquestó qué?

–Este encuentro. Mi padre ha muerto, Lucas. Y en su testamento estipulaba que yo debía vivir en este ático durante un año. Debió pensar que tarde o temprano me encontraría contigo... ¿pero por qué haría algo así?

¿Qué había dicho el abogado? Algo sobre que su padre se daba cuenta de que había cometido muchos errores y quería enmendarlos. Y sus argucias habían logrando que tanto Rand como Mitch encontrasen el amor...

–Quizá porque quería reunirnos de nuevo.

Lucas hizo un gesto de disgusto.

–Lo dudo.

–Tiene que ser eso. Que mi padre comprase el ático al lado del tuyo en un edificio de tu propiedad es demasiada coincidencia.

–Nadia, tu padre me pagó para que desapareciese de tu vida y no volviera a ponerme en contacto contigo nunca más. Y amenazó con arruinarme a mí y a mi familia si me atrevía a hacerlo. Él no habría intentado volver a reunirnos.

El estómago de Nadia se hundió como el Titanic. Comprar a la gente era como Everett Kincaid solía librarse de alguien a quien encontraba indeseable. Lo había hecho en múltiples ocasiones.

–¿Y tú aceptaste el dinero?

Lucas tuvo que aclararse la garganta antes de contestar:

–Me dijo que eso era lo que tú querías.

–¿Cuánto?

–Nadia...

–¿Cuánto dinero te hizo falta para olvidarme?

–Nunca te he olvidado. Ni a nuestro hijo.

–¿Cuánto? –repitió ella.

–Pagó todos mis gastos médicos: las operaciones, las sesiones de rehabilitación...

—Dame una cifra. Quiero saber exactamente cuánto valía mi amor para ti.

Él dejó escapar un largo y doliente suspiro.

—Alrededor de dos millones de dólares.

Nadia cerró los ojos ante una nueva ola de dolor y decepción. Su padre no había querido que aquélla fuese una reunión feliz. Quería que ella supiera lo que había pasado: que el único hombre al que había querido en toda su vida y al que había tenido en un pedestal durante más de una década no era mejor que el resto de los avariciosos que se aprovechaban de ella o aceptaban el dinero de Everett.

Sintiéndose enferma, tuvo que darse la vuelta para no mirarlo. ¿Nadie la quería a ella más que al dinero?

Había pensado que Lucas...

Pero estaba equivocada.

Lo había creído diferente a los chicos de su círculo, que sólo estaban interesados en lo que podrían conseguir saliendo con una Kincaid.

Se había equivocado del todo.

Y saber eso la hacía sentir pequeña, insignificante. Y le dolía. Dios, cómo le dolía. Ella había querido a Lucas lo suficiente como para casarse con él a pesar de las amenazas de su padre de desheredarla.

Y él la había traicionado. La había vendido.

Su padre tenía razón: Lucas Stone había sido su mayor error. Y amarlo y perderlo había estado a punto de destruirla.

—Ojalá hubieras muerto —Nadia se llevó una mano a la garganta—. No, no quería decir eso, perdona. Pero ojalá no hubiera vuelto a verte nunca más.

—Nadia...

—Deja que te diga una cosa, Lucas Stone: elegir el

dinero no te hace único o especial. Sólo eres uno de tantos, uno al que no tengo la menor intención de conocer.

Tenía que alejarse de él, pero le temblaban tanto las piernas que apenas pudo llegar a la puerta sin caer al suelo.

–Vete de aquí...
–Nadia.
–¡Vete de aquí antes de que llame a seguridad!
–Trabajan para mí, no van a echarme de mi propio edificio –Lucas se acercó para mirarla a los ojos–. No me culpes a mí por las maquinaciones de tu padre.

–Esto no tiene nada que ver con mi padre, que era un arrogante, un manipulador y un canalla... y espero que ahora mismo se esté quemando en el infierno. Esto es sobre ti. Tú me traicionaste. Elegiste el dinero en lugar de elegirme a mí y me dejaste sola para llorar por nuestro hijo. ¿Tú sabes lo cerca que estuve de...? –Nadia no terminó la frase. No, no iba a contárselo–. Eres un egoísta y un aprovechado, Lucas Stone. Y no quiero volver a verte en toda mi vida.

Lucas se quedó inmóvil durante tanto tiempo que Nadia pensó que de verdad tendría que llamar a los de seguridad. Aunque, ¿a quién llamaría si el guardia de seguridad no la ayudaba? Quizá a sus hermanos. No. Tenía que aprender a lidiar con los problemas por sí misma.

Por fin, él pasó a su lado, rompiendo su corazón de nuevo.

Perderlo porque había muerto no le había dolido tanto como saber que la había dejado por decisión propia...

Como si no le importase nada.

Capítulo Dos

Lucas Stone quería matar al canalla que le había robado a su esposa. Pero con Everett Kincaid muerto, ya no podía vengarse.

¿O sí?

Kincaid, el bastardo, había sido quien dio el golpe final, pero tanto Rand como Mitch estaban convencidos de que él no era lo bastante bueno para su hermana. Habían ido a la boda, pero dejando bien claro que estaban allí para apoyar a Nadia y no porque él les gustase en absoluto.

¿Por qué olvidar una venganza de once años cuando aún podía demostrar que los Kincaid habían estado equivocados al descartarlo?

El ruido del cerrojo de Nadia fue como una puñalada en su corazón. Estaba mucho más guapa que once años antes. Su pelo seguía siendo una espesa mata de rizos oscuros y sus ojos del mismo verde seductor... pero la delicadeza de la juventud había dejado paso a una exquisita estructura ósea. La clase de belleza que nunca desaparecería. O eso había dicho su madre cuando la conoció.

Su familia la adoraba... hasta que creyeron que lo había abandonado en el peor momento de su vida.

Lucas no dudaba de que Nadia hubiera dicho la verdad. La sorpresa y el dolor que había visto en sus ojos eran genuinos. Además, Kincaid había intentando librarse de él más de una vez antes de la boda, pero Nadia no lo había permitido.

Salvo la última vez. La última vez, postrado en cama, convencido de que nunca podría volver a caminar, convencido de que sería una carga para su madre… estaba furioso con Nadia y dolido por su aparente traición. Quería vengarse como pudiera y aceptar el dinero de Kincaid le había parecido la única forma de hacerlo en aquel momento.

Lo que Lucas no creía ni por asomo era que Kincaid hubiera querido reunirlos por motivos altruistas. Si su padre había orquestado aquel encuentro era para restregarle en la cara lo que se había perdido para siempre.

La cuestión era cómo había descubierto que él era el propietario de aquel edificio. Electrónica KingPin, que aparecía como la propietaria en el registro, era la más conocida de sus empresas, pero Lucas había mantenido su nombre fuera del contrato. Como ocurría con la mayoría de sus empresas, él guiaba a su equipo a través de videoconferencias con los directores, pero rara vez hacía apariciones personales. Y ni su rostro ni su nombre eran conocidos por la prensa.

Su hermana pequeña lo llamaba «el submarino» y a él le gustaba esa imagen de ir nadando por debajo, sin ser visto, para conseguir lo que quería.

Suspirando, tomó el maletín y la bolsa de viaje y entró en su apartamento. Pasaba demasiado tiempo de hotel en hotel y le gustaba mucho volver a casa.

Lucas miró el lujoso ático, cada mueble, cada obra de arte, la prueba tangible de su éxito en la vida…

Era asombroso cuánta ambición podía despertar la furia y el odio, pensó. Durante los últimos siete años había trabajado sin descanso con un solo objetivo en mente; adquiriendo empresas débiles y convirtiéndolas en grandes compañías que luego vendía consiguiendo enormes beneficios. Y no pararía hasta que tuviera el dinero suficiente para quedarse con cruceros Kincaid.

Durante los últimos cuarenta meses había tenido como objetivo los proveedores de Kincaid. En algunos casos había comprado las empresas directamente para subir los precios de los productos que Everett no podía conseguir en otro sitio sin causar problemas a la compañía.

Everett Kincaid había valorado el dinero por encima de todo lo demás y Lucas estaba decidido a dejarlo en la ruina.

Hasta aquel día había creído que Nadia era tan superficial como su padre y había planeado hacer que todos los Kincaid pagasen por tratarlo como si fuera una basura. Pero, por una vez, se alegraba de haber estado equivocado y de que su enfado con Nadia durante todos esos años hubiera sido injusto.

Dejando la bolsa de viaje en el suelo, empezó a revisar el correo, la mayoría a nombre de Andvari, S.A. De modo que su ayudante había pasado por el apartamento...

Cuanto más cerca estaba de su objetivo de hundir a Kincaid, más grande era la necesidad de mantener el secreto. Por eso, cuatro años antes había creado la marca corporativa Andvari, nombrada así por el dios que guardaba sus tesoros con un manto de invisibilidad. Era imposible que nadie penetrase la cortina de humo para descubrir al verdadero propietario de Andvari y sus múltiples subsidiarias.

O eso pensaba.

¿Hasta dónde habría penetrado Kincaid y de dónde habría sacado la información? Que el padre de Nadia hubiera comprado ese ático no podía ser una simple coincidencia.

Lucas entró en su dormitorio y tiró la bolsa de viaje sobre la cama. La muerte de Kincaid le había privado del placer de ver la derrota en su cara, pero eso no iba a robarle el placer de tener todo lo que su némesis había poseído una vez.

Empezando por Nadia.

¿No sería mayor venganza ganarse el corazón de la mujer que Kincaid le había robado?

El amor no tenía nada que ver. Una vida entera viendo a su madre sufrir por esa emoción tan volátil había matado todas las ilusiones que tenía sobre esa mezcla de deseo, química y locura temporal. Físicamente, aún deseaba a su ex mujer. Pero sexo era lo único que quería de ella.

Si había alguna justicia en el mundo, ese bastardo de Kincaid se revolvería en su tumba el día que su hija se casara con el hombre al que había despedido y humillado. Y más aún cuando Lucas Stone se convirtiera en el presidente de los cruceros Kincaid, despidiera a sus hijos y pintase el logo de la compañía Mardi Grass en todos sus barcos.

Y lo haría.

No esperaba que fuese fácil, pero nada lo había sido desde que despertó en ese hospital, incapaz de mover las piernas, ver a su mujer o salvar la vida de su hijo.

Lucas sacó el móvil del bolsillo y marcó el número de su hermana.

—Espero que sea algo importante porque estoy en medio de una cita. La primera en muchos meses —protestó Sandi.

Él miró su reloj, sonriendo; era casi medianoche.

—¿Sigues queriendo ese ascenso que llevas meses suplicándome?

—Pues claro. ¿Cuál es la trampa?

—Necesito algo de tiempo libre.

—¿Qué ha pasado?

Una pregunta muy lógica ya que no se había tomado vacaciones en años. Pero si le contaba la verdad, Sandi tomaría el primer avión con destino a Dallas.

—Necesito descansar un poco. Estoy harto de tanto viajar.

—No me lo creo.

—No tienes que creerme. O quieres el acenso o no lo quieres.

—Claro que lo quiero, espera un momento —Lucas la oyó hablar con alguien en voz baja y luego algo que sonó como el frufrú de unas sábanas. Aunque él no quería saber nada sobre la vida sexual de su hermana.

—¿Qué necesitas?

—Que te encargues de la cuenta de Singapur.

—¿Lo dices en serio?

Era lógico que pareciese tan sorprendida. Aquel proyecto era como un hijo para él y había puesto sudor y sangre para conseguirlo, pero estaba seguro de que Sandi podría encargarse a partir de aquel momento.

—La adquisición de ese préstamo es una responsabilidad muy importante, pero tú puedes hacerlo.

—¿Por qué vamos a adquirir un préstamo?

—Tengo mis razones. Pero no le cuentes nada a Jefferson.

Silencio.

Y conocía a su hermana lo suficiente como para saber que ese silencio significaba que estaba estudiando las posibles razones por las que le pediría algo así.

—No ceo que sea fácil firmar los contratos sin un abogado presente. ¿Se puede saber qué pasa?

Lucas quería investigar la conexión Jefferson-Kincaid antes de seguir adelante. Seguramente su director jurídico había vendido el apartamento a un comprador que ofrecía la cantidad adecuada, pero no quería involucrarlo en más tratos secretos hasta estar seguro de que allí no había intercambio de favores o dinero. Kincaid había sido un canalla sin escrúpulos y también lo era mucha de su gente.

—Prefiero que contrates a otro abogado. Te daré su nombre antes de que vayas a Singapur a reunirte con el comité ejecutivo.

—Es muy raro que me llames de repente para algo así… y a medianoche. ¿Por qué?

—Jefferson le vendió el ático de Dallas a Everett Kincaid.

Sandi dejó escapar un suspiro.

—Es lunes. ¿No se supone que estás en Dallas ahora mismo? Por favor, no me digas que vas a involucrarte otra vez con los Kincaid.

Lucas decidió no decir nada. Nadie conocía su objetivo de quedarse con la línea de cruceros Kincaid y nadie tenía por qué saberlo.

—Te enviaré la documentación que necesitas mañana a primera hora.

—¿No murió Everett Kincaid hace un par de meses? Eso significa... Lucas, dime que no estás otra vez con esa egoísta asquerosa.

Él apretó los dientes. Durante los últimos once años, todos habían creído que Nadia era una frívola sin sentimientos. Tendría que contarle a su familia la verdad, pero no antes de haber verificado ciertos hechos.

–Si quieres ese ascenso haz tu trabajo y no metas las narices en mis cosas.

–No me gusta esto, Lucas. No me gusta nada.

–No te pago para que te guste.

–Qué simpático eres –replicó su hermana–. ¿Quieres que compruebe los tratos de Jefferson?

–No, haré que lo investigue Terri. Si hay algún traidor, ella sabrá cómo encontrarlo.

A lo veinticuatro años, su hermana pequeña se había casado y divorciado tres veces antes de recuperar el sentido común y usar su talento para encontrar ratas abriendo una lucrativa agencia de detectives. Lucas utilizaba la empresa de su hermana para comprobar que las personas a las que contrataban en Andvari decían la verdad durante las entrevistas de trabajo. ¿Podría habérsele pasado algo sobre Jefferson?

–Cuéntame cuál es el plan para que pueda estar preparada.

–Sólo para que lo sepas, estoy dispuesto a recuperar todo lo que Everett Kincaid me arrebató. Empezando por mi ex mujer.

Aquellos últimos once años habían sido una mentira, pensaba Nadia.

¿El dolor? Una bobada.

¿La compasión de su padre? Falsa.

¿La supuesta preocupación por su felicidad? Mentira.

¿Todo lo que había hecho y dicho desde el accidente sería mentira?, se preguntó. Pero tenía que haber habido alguna pista de sus maquinaciones. ¿Cómo era posible que no se hubiese dado cuenta?

¿Y quién más sabría del engaño? ¿Habrían sabido sus hermanos que Lucas estaba vivo y beneficiándose de su pena? ¿Lo sabría su psicólogo?

Nadia soltó la sartén sobre la encimera de granito y el golpe resonó por toda la cocina.

¿Cuánta gente habría estado riéndose a sus espaldas durante todos esos años?

Ella lo descubriría. Tener que vivir en Dallas y carecer de fondos podría ser un problema, pero identificaría a cada uno de esos Judas antes de que terminase el año. No podía volver a Miami sin saber en quién podía confiar y en quién no.

Entonces sonó el timbre.

Alegrándose de la distracción, Nadia tomó el monedero y se dirigió al vestíbulo. No podía terminar las galletas de chocolate hasta que le llevasen del supermercado las almendras y un frasco de vainilla. Hacer galletas evitaba que su mente cayera en ese pozo oscuro en el que prefería no volver a caer. Había pasado demasiado tiempo en esas sucias aguas.

No se molestó en mirar por la mirilla porque estaba esperando al chico del supermercado y le había dicho al guardia de seguridad que lo dejase subir en cuanto llegara.

Pero no era Dan quien estaba al otro lado de la puerta sino Lucas. Lucas, como un anuncio de GQ con su traje de Burberry. Seguía sorprendiéndola verlo con un traje de chaqueta en lugar de la camiseta y los vaqueros que solía usar.

Y el escalofrío que la recorrió al verlo la puso de los nervios.

—¿Qué quieres?

Los ojos azules se deslizaron por su cuerpo como el sirope de caramelo sobre unos gofres calientes, haciendo que recordase sus ojeras, los vaqueros gastados y el jersey sin mangas.

—Esto es tuyo, creo —dijo, ofreciéndole una bolsa del supermercado.

—Sí, es mío.

—Algo huele muy bien. ¿Qué está haciendo tu cocinera?

—No tengo cocinera. ¿Dónde está Dan?

—Si te refieres al chico del supermercado, me lo he encontrado en el portal y le he dicho que yo subiría la bolsa —contestó él, entrando en el apartamento sin esperar a ser invitado.

—Entra, por favor —dijo Nadia, irónica. No lo quería allí, al traidor—. ¿Tú le has pagado los veinte dólares?

—Sí, pero no hace falta que me los devuelvas. ¿Huele a salsa marinara? —Lucas se dirigió a la cocina, dejándola boquiabierta.

—Estoy probando una nueva receta y me gustaría terminarla. Así que adiós.

Había descubierto que si no se concentraba al cien por cien en la receta siempre metía la pata y, a veces, el resultado era insalvable. Y, con su nuevo presupuesto mensual, no podía permitirse tirar comida a la basura… algo que recordaría la próxima vez que fuera a un restaurante de cuatro tenedores y dejase la mitad de la comida en el plato.

«Pero falta mucho tiempo para que puedas volver a un restaurante de cuatro tenedores. Cuarenta y tres semanas, para ser exactos».

–¿Me das la bolsa, por favor?

–Hace once años no sabías cocinar –dijo Lucas, mirando los fetuccini recién hechos y tomando una cuchara de madera para probar la salsa.

–Pues ahora sí sé cocinar y no estoy interesada en recibir visitas. Dame mis almendras.

–Invítame a comer –Lucas pasó un dedo por encima de la bandeja de galletas y se lo llevó a los labios–. Mmmmm... ¿de verdad las has hecho tú?

No era sexy. No era nada sexy.

Nadia cerró los ojos, intentando controlar la oleada de recuerdos... y a sus hormonas. Que tuviera la lengua más talentosa en cinco continentes no significaba nada. Ella no quería experimentar «su talento» de primera mano. ¿Cómo podía confiar en él? No, imposible.

De modo que se plantó delante de Lucas, en jarras.

–No me apetece hablar contigo.

–Tienes comida suficiente para los dos y la salsa marinara es mi favorita.

Se le había olvidado. «Mentirosa». Muy bien, no se le había olvidado. Pero no había hecho la salsa para él. También a ella le gustaba mucho. Además, era la receta menos complicada y la única para la que tenía todos los ingredientes. Y necesitaba probar la máquina de hacer pasta que Mitch le había enviado. Su hermano no dejaba de enviarle pequeños electrodomésticos para que se entretuviera.

–Voy a congelar lo que sobre para mañana.

Lucas levantó una ceja.

−¿Tú vas a congelar comida para el día siguiente?

Su incredulidad la irritó.

−¿Resulta tan difícil de creer?

−Francamente, sí.

Lo triste era que dos meses antes Lucas habría tenido razón.

Suspirando, Nadia apartó el flequillo de su cara, lo cual le recordó que no podría sobrevivir durante todo un año sin su peluquero favorito. Tendría que encontrar una buena peluquería en Dallas. Buena y barata.

−Vete, Lucas. Pero antes dame mi bolsa.

Encogiéndose de hombros, él salió de la cocina para dirigirse a la puerta... con su bolsa en la mano.

−Ya sabes el precio.

Nadia corrió tras él.

−¡Dame la bolsa!

Entró tras él en el apartamento, pero se detuvo en el recibidor. Podía ver la torre Reunión por las ventanas, pero el edificio no era tan interesante como lo que había en el interior.

Era más grande que el suyo y mucho más lujoso. Mirando alrededor, Nadia hizo un cálculo mental del valor de las alfombras importadas, el suelo de madera de cerezo, los sofás de piel color café con leche y las mesas de cristal. Todo carísimo. Y los cuadros que había en las paredes tampoco eran baratos precisamente. Parecía haber sido decorado para demostrar que era millonario, pero con un toque urbano y clásico más que de nuevo rico.

Nada que ver con su padre, quien creía firmemente que las apariencias y los muebles pesados definían al hombre.

Pero le daba igual. Ella no quería saber nada de Lucas Stone, el mercenario.

−No puedo terminar mis galletas de chocolate sin las almendras.

−A mí me gustan mucho las galletas de chocolate.

Nadia sabía que era un goloso. Por eso había hecho galletas de chocolate con almendras aquel día y no galletas normales. Además, su congelador estaba lleno de pasta para galletas que ya no podría compartir con la gente de los pisos de abajo porque los de seguridad se lo impedían.

−Me da igual que te gusten o no.

Cuando Lucas se acercó, sus cinco sentidos se pusieron en alerta máxima, pero no se movió de donde estaba. Aunque ni siquiera la fuerza de voluntad podía impedir que los latidos de su corazón aumentasen de ritmo.

Él levantó una mano para acariciar su mejilla y el simple roce reverberó hasta la boca de su estómago. Maldito fuera. Lucas sabía que se derretía cuando le hacía esas cosas.

«No te sientes atraída por él, ya no. No puede ser».

−No te da igual, Nadia. Y por lo que me ha contado el guardia de seguridad, no te vendría mal un poco de compañía.

−Pero bueno… lo único que hice fue bajar un día para saludarlo.

−Estuviste molestando en las oficinas hasta que los de seguridad te pidieron que no volvieras a hacerlo.

Triste, pero cierto.

−No tenía intención de robar secretos de la empresa. Sólo quería que probasen mis galletas. No puedo comerme todas las que hago… no estaba intentando envenenar a nadie.

—Mis empleados no necesitan que se les diga cómo llevar la empresa de manera más eficiente.

Sí, bueno, había ofrecido algunos consejillos... un momento, ¿había dicho *sus* empleados?

—Las oficinas de abajo pertenecen a una de mis empresas —dijo Lucas entonces, como si hubiera leído sus pensamientos.

—¿Empresas, en plural? ¿Cuántas tienes?

—Unas cuantas.

Interesante. E impreciso. ¿A propósito? Desde luego.

Podía ver cómo sus ojos azul cielo se ensombrecían, como si quisiera esconder algún secreto. Y eso despertó su curiosidad. Lucas siempre había sido ambicioso, pero once años antes su objetivo era tener una empresa de jardinería y, con ese objetivo, estudiaba horticultura y diseño de jardines por las noches.

Tendría que buscarlo en Google en cuanto volviera a su apartamento para ver lo que podía averiguar.

—Soy buena en lo mío, Lucas. Yo podría ayudarlos.

—Búscate un trabajo.

—Ya tengo un trabajo en los cruceros Kincaid. Pero el estúpido testamento de mi padre me ha obligado a tomarme un año de excedencia y no puedo buscar otro empleo.

—¿Por qué? —preguntó él, sorprendido.

Ya, claro. Como que iba a decirle que, según su padre, tenía que hacerse mayor de una vez.

—Es su manera de atormentarnos desde la tumba. En su testamento dejó tareas que Rand, Mitch y yo tenemos que completar si queremos heredar su fortuna.

—¿Qué clase de tareas?

—No es asunto tuyo. Mi vida dejó de serlo cuando me vendiste.

Lucas apretó los labios, furioso. Mejor, pensó ella.

—¿Y qué pasa si no cumples esas condiciones?

—Voy a cumplirlas. No sé si te acuerdas, pero yo puedo ser muy persistente cuando me lo propongo. Y ahora, por favor, dame mi bolsa.

Lucas tenía la bolsa a la espalda y, a menos que intentara quitársela, para lo cual tendría que haber un contacto corporal al que no estaba dispuesta, no podría hacer nada.

—El almuerzo… y el postre, Nadia

La sugerente pausa entre las palabras, combinada con su voz ronca y el brillo de sus ojos, hizo que el corazón de Nadia latiese aún más enloquecido. No estaba hablando de las galletas y sus traidoras hormonas querían que se desnudase y se pusiera a bailar para él.

Pero eso no iba a pasar. Nunca más.

—No malgastes conmigo esa sonrisa seductora, Lucas Stone. Ya sé qué clase de persona eres y estoy harta de gente que me apuñala por la espalda.

Aunque una de esas personas fuera su propio padre. O sus supuestos amigos, que no la habían llamado ni una sola vez desde que se mudó a Dallas. ¿La echarían de menos? ¿La recordarían cuando volviese a Miami? ¿Querría ella que la recordasen?

—Lo único que quiero es un almuerzo y la oportunidad de descubrir si nuestro divorcio es válido o no.

¿Qué? A Nadia se le encogió el estómago.

—¿Por qué no iba a serlo? –preguntó, por decir algo.

—Si tú creías que estaba muerto, ¿por qué firmaste los papeles del divorcio?

Ella hizo una mueca. La verdad era que no recordaba absolutamente nada de eso.

—Buena pregunta.

—Dame de comer y podremos hablar.

Si se lo pedía así, ¿qué otra cosa podía hacer? Pero antes tenía que encerrarse en un armario y ponerse a gritar.

—Dame un minuto –murmuró, intentando controlar un ataque de pánico.

Luego salió del apartamento de Lucas y volvió al suyo. No quería llamar a Mitch para que la sacara de aquel apuro, pero si alguien podía solucionarlo sería el mediano de los Kincaid, o sea «el pacificador». De modo que tomó el móvil y marcó el teléfono.

¿Pero y si Mitch sabía lo del engaño de su padre?

—Mitch Kincaid...

—Lucas no está muerto. ¿Tú lo sabías?

—¿Qué?

—Vive en el ático al lado del mío y es el propietario de este edificio. ¿Tú lo sabías?

—Nadia, cálmate, no entiendo nada. ¿Qué ha pasado?

Nadia notó la preocupación en el tono de su hermano, provocada por su estado de nervios, e intentó recuperar la compostura antes de seguir:

—No he perdido la cabeza. Lucas Stone está aquí, es mi vecino y el propietario del edificio –repitió–. Papá me mintió. Le pagó dos millones de dólares para que no volviera a ponerse en contacto conmigo después del accidente.

—Ese canalla...

Nadia no preguntó si se refería a Lucas o a su padre. Seguramente a los dos. Pero la sorpresa de su hermano parecía auténtica y eso fue un alivio. Quizá Mitch no la había traicionado.

—Lucas acaba de hacerme una pregunta para la que no tengo respuesta... si yo pensaba que estaba muerto, ¿por qué firmé los papeles del divorcio? Yo no recuerdo haber firmado nada, así que necesito que investigues todo lo relativo a mi matrimonio, específicamente el final de mi matrimonio. Y envíame una copia de todos los papeles. Ah, por cierto, seguramente necesitaré un abogado.

—No te asustes. Primero tenemos que conocer todos los datos...

—¿Que no me asuste? Lo dirás de broma. ¡Mi marido acaba de salir de la tumba!

Capítulo Tres

Alguien le quitó el móvil de la mano y Nadia lanzó un grito mientras se daba la vuelta para identificar al ladrón de teléfonos.

Lucas. Ni siquiera lo había oído entrar.

–Devuélvemelo.

Sin hacerle caso, Lucas se llevó el teléfono rojo a la oreja, la misma oreja en la que ella solía susurrar sus más secretas fantasías... que él hacía realidad en detalle.

Nadia deploró la ola de calor que evocaba ese recuerdo.

–Mitch, soy Lucas Stone. Después del accidente, tu padre me dijo que Nadia no quería volver a verme y me hizo firmar los papeles del divorcio. Si Nadia los firmó y no sabía lo que estaba firmando, puede que sigamos casados.

Ella estaba atónita. No podía seguir casada con él. Era imposible.

Aquello era tan absurdo que fue a la cocina y se dejó caer sobre una silla, tan desmadejada como un fideo blando.

Lucas tenía que estar equivocado. No sólo por las cosas que había hecho para intentar olvidarlo sino porque no quería estar atada a un imbécil que se había alejado de su lado por dinero.

Y luego estaba la verdad que había descubierto sobre su madre tras el accidente... eso lo había cambiado todo. Daba igual lo que dijera su psicólogo, ella no podía arriesgarse a otro matrimonio con esos genes tan defectuosos.

Y eso no era lo único que había cambiado. Nadia se llevó una mano al abdomen, intentando convencerse a sí misma de que perder a su hijo había sido lo mejor en tal situación. Pero, como siempre, no lo lograba.

De repente, el objetivo de aguantar allí un año sin volverse loca era intrascendente. Tenía problemas más graves... específicamente, el que la había seguido hasta la cocina.

Nadia apartó la mirada de los brillantes zapatos de Gucci que casi chocaban con sus sandalias de Ralph Lauren para mirar las bien planchadas perneras de los pantalones y el estómago plano.

Luego le quitó el teléfono de la mano... pero Lucas había cortado la comunicación sin dejar que se despidiera de su hermano.

—Si seguimos casados, sencillamente pediremos el divorcio otra vez.

—Eso si yo no cambio de opinión.

—No puedes hacerlo.

El reto, que no había sido intencionado, se registró en sus ojos y Nadia se enfadó consigo misma por no elegir mejor sus palabras. Ella tenía hermanos y sabía que no era buena idea lanzar el guante de esa forma.

Lucas dio un paso adelante, obligándola a echarse hacia atrás para mirarlo a la cara.

—¿No recuerdas lo bien que nos llevábamos?

Una ola de calor se abrió dentro de ella, como los pétalos de una flor bajo el sol de primavera. Una ola de calor que no tenía ningún sentido.

¿Cómo podía seguir deseándolo después de lo que había hecho?

Pero los recuerdos de lo que había habido entre ellos seguían persiguiéndola. Entonces no eran capaces de apartar las manos el uno del otro. Su pasión se lo había llevado todo por delante, especialmente el sentido común, y por eso había terminado quedando embarazada dos meses después de conocer a Lucas.

El día de su boda estaba tan embargada de felicidad, de esperanza, de ilusión. Hicieron el amor por primera vez como marido y mujer en una salita vacía de la iglesia a la que acudía la familia de Lucas, con los invitados en el jardín, a unos metros de ellos porque sencillamente no podían esperar. Y a pesar o quizá por ser un sitio prohibido había sido el sexo más asombroso de su vida.

Pero Nadia aplastó ese recuerdo.

—Eso fue hace mucho tiempo.

—Dejarte ir fue un error, pero yo quería que fueras feliz.

Ella empujó la silla hacia atrás y se levantó, dejando escapar un bufido de incredulidad.

—Si intentas convencerme de que aceptaste el dinero por mi bien, estás gastando saliva. No vas a poner tus manos en otro céntimo de los Kincaid, así que ni se te ocurra pensar en una compensación si tenemos que volver a divorciarnos.

—No estoy interesado en recibir caridad.

—¿Aunque la caridad de los Kincaid te comprase todo esto? —Nadia señaló alrededor.

—Lo que tengo me lo he ganado con el sudor de mi frente. El soborno de tu padre no me ha comprado este edificio, te lo aseguro.

¿Los dos millones de dólares le parecían poco? ¿Cuánto dinero tenía ahora?

Lucas dejó la bolsa sobre la encimera y, después de quitarse la chaqueta, la colgó en el respaldo de una silla. Los gemelos de David Yurman que guardó en el bolsillo del pantalón eran similares a los que ella le había comprado a Mitch por su cumpleaños el año anterior. Y cuando se subió las mangas de la camisa, Nadia vio un Cartier Roadster en su bronceado antebrazo cubierto de vello rubio.

Oh, sí, ahora tenía mucho dinero.

¿Pero por qué estaba desnudándose en su cocina?

–¿Se puede saber qué haces?

–Voy a ayudarte a cocinar.

–No necesito ayuda.

Ya no. Gracias al aburrimiento se había convertido en una gourmet. Claro que ella nunca había hecho las cosas a medias. Si se tiraba, se tiraba de cabeza. ¿Para qué contenerse si lo que uno más deseaba podía desaparecer en un instante?

–Vas a tener mi ayuda y mi compañía lo quieras o no –Lucas abrió la puerta de un armario y, como no pareció encontrar lo que buscaba, siguió abriendo armarios hasta dar con una cacerola para la pasta.

–No puedes entrar aquí cuando te dé la gana…

–Parece que ya lo he hecho.

«Papá, si no estuvieras muerto, te mataría».

–Ah, pues entonces no pasa nada, ponte cómodo en mi cocina –replicó Nadia irónica.

–¿Tienes vino tinto?

–Yo no bebo.

Los ojos azules la dejaron clavada al mármol travertino.

−No es eso lo que dicen las revistas.

Nadia se puso colorada. Sí, bueno, en los últimos años había ido a muchas fiestas. Pero ir de fiesta sola no era divertido, era patético, y llevaba sola en Dallas cincuenta y dos días y cincuenta y dos noches

−Estaba intentando olvidar a mi marido muerto y al niño que había perdido.

−¿Esperas que crea que has seguido pensando en mí durante todos estos años? −le preguntó él, incrédulo.

−No, claro que no. Tenía cosas mejores que hacer.

Y aunque no fuera así, no lo admitiría nunca.

Lucas llevó la cacerola al fregadero y la puso bajo el grifo. Mientras se llenaba, volvió a abrir los armarios buscando sal y aceite de oliva y echó ambos en la cacerola... sin medir siquiera.

Nadia se acercó a su libro de recetas: una cucharada de sal, dos cucharadas de aceite.

−¿Cómo sabías cuánto había que echar?

Él puso la cacerola al fuego.

−Olvidas que crecí ayudando a mi madre en casa. Aprendí a cocinar en cuanto pude llegar a los mandos de la cocina.

Nadia no había olvidado que su familia había sido tan cálida y encantadora con ella como fríos y secos habían sido los Kincaid.

O que había estado a punto de convertirse en una más del clan Stone. Pero, gracias al miserable de su padre y a la avaricia de Lucas, había perdido esa oportunidad.

Repulsivos los dos.

−¿Cómo están tu madre y tus hermanas?

−Bien −Lucas tomó la tabla y se puso a cortar las almendras con más precisión y habilidad de la que ella había podido adquirir en esos dos meses.

Once años antes, Sandi tenía dieciséis años y Terri trece. Las dos la trataban como si fuera la hermana mayor que siempre habían querido y a ella le encantaba.

–Pues deben pensar lo peor de mí si creen que te dejé cuando más me necesitabas.

–Dejarán de pensarlo cuando les cuente la verdad.

Se había preguntado tantas veces por qué la familia de Lucas no se había puesto en contacto con ella después del accidente… ahora sabía por qué. Y le gustaría corregir su opinión sobre ella, pero no porque quisiera dejar entrar a Lucas de nuevo en su vida. En cuanto se librase de él aquel día encontraría la manera de evitarlo hasta que volviera a irse de la ciudad.

–No hace falta que cambien de opinión.

Él la miró durante un segundo antes de seguir cortando.

–¿Cuántas almendras necesitas?

–Una taza –Nadia midió una cucharada de vainilla y la echó en el vaso de la batidora–. Si seguimos casados… aunque no lo creo porque mi padre no hubiera cometido un error tan tonto, habrá que solucionarlo.

Pero su padre había cometido muchos errores recientemente, le dijo una vocecita. Grandes errores. Como, por ejemplo, dejar embarazada a una chica de su edad y no darse cuenta de que algunos empleados estaban robándole. Rand y Mitch intentaban solucionar ese asunto en aquel momento… y ser excluida la sacaba de quicio.

Pero se recordó a sí misma que su matrimonio y la

posterior disolución habían tenido lugar once años antes, cuando Everett Kincaid aún estaba en posesión de todas sus facultades mentales, por lo visto.

Lucas echó las almendras en el vaso de la batidora.

—No las has medido. ¿Cómo sabes que era una taza?

—Por experiencia.

Aunque ella había dado la vuelta al mundo más de una vez antes de cumplir los dieciocho años, Lucas tenía más experiencia que ella en casi todo lo demás, sobre todo en asuntos domésticos. El contraste entre su sencillo estilo de vida y su juiciosa actitud siempre la había intrigado.

«No es interesante, es un oportunista. No lo olvides».

Nadia echó la mezcla de chocolate y almendras en la bandeja y la metió en el horno.

Descubrir que había estado viviendo una mentira la obligaba a hacerse muchas preguntas... preguntas que la habían tenido despierta la mitad de la noche. Quería respuestas, aunque eso significase tolerar la presencia de Lucas durante el almuerzo.

—¿Qué fue de ti después del accidente?

Él se apoyó en la encimera y, alargando las piernas, cruzó un tobillo sobre el otro.

—Tu padre hizo que me transfiriesen a un hospital de Denver, especializado en rehabilitación de pacientes con lesiones en la espina dorsal. Lo organizó todo para que mi familia se mudase e ingresó el dinero en una cuenta corriente a mi nombre. Y yo me dediqué a estudiar mientras estaba en una silla de ruedas. Gracias a que sacábamos muy buenas notas, tanto mis hermanas como yo pudimos conseguir becas para una buena universidad y con el dinero que sobró después de pagar los gastos del hospital abrí mi propia empresa.

−¿Cómo?

−Se me dan bien los números −Lucas se apartó de la encimera y señaló la cacerola−. El agua está cociendo. A ver, enséñame lo que sabes hacer.

Una manera de no contestar a su pregunta, claro, pero que dudase de sus habilidades culinarias la molestó. Pues muy bien, se lo demostraría. Y conseguiría las respuestas también.

Pero antes, volvió a leer la última parte de la receta, por si acaso. No quería que se pusiera a corregir sus errores como solía hacer su padre.

Nadia echó la pasta en el agua.

−Ahora usas el apellido Kincaid.

−Es mi apellido −murmuró ella, sin mirarlo. No iba a decirle el estado en el que se encontraba después del accidente o lo poco que le importaba qué apellido apareciese en su documento de identidad.

−Los de seguridad me han dicho que apenas sales de casa. ¿Por qué?

Ella se volvió abruptamente. ¿Había estado haciendo averiguaciones?

−No conozco a nadie en Dallas.

−Me conoces a mí. Yo te enseñaré la ciudad.

−No me apetece salir contigo.

−Conozco los mejores restaurantes.

Se le hizo la boca agua al pensar en comer algo que no fueran sus propias recetas o una pizza de vez en cuando.

−No, gracias.

−Por lo menos podrías bajar a ver el jardín.

–Los jardines son lo tuyo, a mí no me interesan.

«Mentirosa». Lucas le había enseñado a apreciar algo más que las flores de la floristería durante el tiempo que estuvieron juntos. Además, a ella le encantaba plantar cosas en macetas.

En su primera cita la había llevado al jardín tropical de Coral Gables. No era el mejor sitio para impresionar a una chica como ella, pero la había sorprendido con sus conocimientos sobre plantas exóticas. Y sí, cierto, las flores eran preciosas y resultaba interesante verlas al natural y no dentro de un jarrón.

En su segunda cita la había llevado a un parque y a Nadia no le hizo mucha gracia hasta que subieron a una barquita para cruzar el lago. Mientras charlaban, flirteaban y disfrutaban el uno de la compañía del otro sin distracciones, Lucas le había mostrado un lado de la naturaleza con el que ni siquiera podía compararse el catálogo de Audubon. Y le había encantado.

Después, le había hecho la cena en una de las barbacoas del parque. Ningún hombre, aparte del chef de su padre, le había hecho nunca una comida. Era lógico que hubiesen terminado esa noche haciendo el amor por primera vez.

Ella era una chica del Ritz. Y si alguien le hubiera dicho que iba a pasar la noche más romántica de su vida sentada en el tronco de un árbol escuchando el ruido de los insectos y comiendo en un plato de papel habría pensado que estaba loco.

Pero no era un recuerdo que le hiciera falta en aquel momento.

–Estamos en el mes de julio y hace calor. No me apetece salir, especialmente contigo.

—Antes no te importaba el calor.

Lo había dicho con doble sentido; no se refería sólo al calor del sol sino a otro calor, el de dos cuerpos unidos, sudando...

Nadia se apresuró a poner la mesa.

—¿Te siguen gustando las plantas? Imagino que el dinero que hace falta para comprar un rascacielos no habrá salido de tu trabajo como jardinero.

—No, estudie Dirección de Empresas.

—¿Por que? ¿No estabas estudiando horticultura?

—No era práctico seguir estudiando algo para lo que hubiera tenido que moverme cuando no estaba seguro de poder dejar la silla de ruedas.

Ella apartó la mirada, intentando no sentir compasión.

Afortunadamente, el temporizador sonó en ese momento. Nadia sabía por experiencia que la pasta casera se desintegraba si la dejaba en el agua más tiempo del necesario, de modo que sacó los fetuccini, los dividió en dos platos y sirvió la salsa por encima.

Con los nervios de tenerlo allí había olvidado hervir los espárragos... una pena. Pero darle a Lucas una alimentación equilibrada no era obligación suya.

Nadia se sentó a la mesa, pero el delicioso aroma de la marinara no la tentaba como otras veces.

—¿Cuánto tiempo tardaste en volver a caminar?

Lucas se sentó a su lado.

—Catorce meses.

Mucho tiempo para estar asustado, pensó, sintiendo una punzada de compasión. Aunque no debería.

«No olvides que tenía el dinero de tu padre para aligerar sus preocupaciones mientras tú no tenías nada. Habías perdido a tu hijo, a tu marido y los recuerdos de tu madre habían quedado rotos para siempre».

–Come, Lucas. Yo tengo planes para esta tarde y no te incluyen a ti.

Nadia abrió la puerta el miércoles por la mañana y se inclinó para tomar el periódico del felpudo…
Pero el periódico no estaba allí. Y cuando levantó los ojos, enrojecidos por la falta de sueño, vio que la puerta de Lucas estaba abierta.

–Buenos días –la saludó él en cuanto sus miradas se encontraron. Estaba sentado en una silla que no había estado en su espacioso vestíbulo el día anterior, con una taza de café en la mano y dos periódicos sobre una mesita.

–Me has robado el periódico.

–Lo compartiré contigo durante el desayuno. Ven, pasa, podemos desayunar en la terraza –Lucas tomó los periódicos y se levantó.

Nadia tragó saliva al ver su torso perfectamente delineado por una camiseta negra de Armani y unos vaqueros de Prada. Desde luego, aquel hombre sabía cómo vestirse.

«Deja de mirar».

–No quiero compartir mi periódico contigo ni desayunar contigo. De hecho, no quiero volver a verte.

–Eso dijiste ayer, después de comer –sonrió él, entrando en la casa.

Nadia sopesó sus opciones. Podía cerrar la puerta y olvidarse del periódico, lanzarse sobre él y quitárselo a la fuerza, hacer lo que Lucas decía o llamar a sus hermanos y suplicarles que le comprasen un billete de avión para volver a casa.

Pero, aunque la última opción era la más apetecible, no iba a hacerlo por nada del mundo. Tenía que seguir allí.

Cerrar la puerta y pasar de Lucas era la segunda opción, pero una de las pocas cosas buenas de su exilio era que, por fin, tenía tiempo para leer el periódico de cabo a rabo. Había perdido el contacto con el trabajo y con la vida en general, pero no pensaba perder también el contacto con el mundo exterior. Y estaba harta de la sincopada cobertura de las televisiones y de sus presentadoras de rostros perfectos.

De modo que le quedaban la opción dos y tres. Lucas era demasiado grande como para tirarse encima y arrebatarle el periódico, de modo que tendría que soportar su compañía. Pero si esperaba que se pusiera algo más atractivo que el pantalón de chándal y la camiseta no iba a tener suerte.

Tomando el móvil que había dejado en la mesita de la entrada, cruzó el rellano descalza, atravesó el salón y llegó a la terraza… donde el calor de Dallas la envolvió de inmediato.

La terraza de Lucas, como el resto del apartamento, era dos veces más grande que la suya y e incluso tenía una pequeña piscina al fondo.

Lucas dejó los periódicos sobre una mesa en la que había una jarra de café, dos tazas y una bandeja tapada.

—¿Por qué hay un coche de auto-escuela esperándote abajo todos los días? Un coche al que tú no haces ni caso, por lo visto.

—No es asunto tuyo.

–Si vivieras en Manhattan entendería que no tuvieras permiso de conducir, pero viviendo en Miami... ¿por qué no has aprendido a conducir, Nadia? –le preguntó él, indicándole que se sentara.

–¿Por qué crees que no sé conducir?

–Porque lo he comprobado.

–¡No tienes ningún derecho a meterte en mis asuntos!

–Vives en mi edificio y eso me da derecho a pedir informes sobre ti.

–¿Ah, sí? ¿Desde cuándo?

Lucas se encogió de hombros y, suspirando, Nadia tomó un sorbo de café, rico, fuerte, aromático. Ah, quizá tendría que soportar su presencia sólo por el café.

Lucas levantó la tapa de la bandeja, en la que había tortillas de champiñones, beicon y manzanas asadas con canela.

–Toma lo que quieras.

Nadia solía saltarse el desayuno, pero de ninguna manera iba a rechazar una comida que no había tenido que preparar ella misma.

–No has contestado a mi pregunta –insistió Lucas.

–Siempre he tenido un chófer a mi disposición.

Cuando eran pequeños, tener un chófer era, además de una necesidad, una medida de seguridad. Por supuesto, sus hermanos habían insistido en aprender a conducir en cuanto tuvieron edad, pero ella no lo hizo porque su padre se mostraba exageradamente protector con ella. Luego, después del accidente, prefería ir en el asiento trasero de una limusina o un Mercedes.

–Supongo que tus espías te lo habrán contado, ¿no?

–Mis empleados –la corrigió él– cobran por saber lo que pasa en mi propiedad. Pero yo te enseñaré a conducir.

–No, gracias.

–Estabas a punto de hacerlo cuando nos casamos. ¿Por qué no seguiste?

–Porque no –Nadia se negaba a mirarlo.

–Si hubiéramos seguido casados, seguro que ahora sabrías conducir.

–Pero no seguimos casados... decisión tuya, por cierto.

Lucas se echó hacia atrás en la silla.

–¿Te da miedo conducir?

Nadia apretó el tenedor. ¿Cómo podía saber él que era por miedo?

–No, claro que no. Qué tontería.

–No puedes dejar que el miedo dirija tu vida.

–Y no lo hago.

–Ayer me dijiste que, según el testamento de tu padre, debías estar en este apartamento durante un año. ¿Qué pasará si no lo haces?

A ella le hubiera gustado que cambiase de tema pero, como insistía, tuvo que abandonar su desayuno.

–Que no recibiré mi parte de la herencia.

–¿Y entonces qué?

Decirle que su padre estaba dispuesto a entregarle su empresa y todas sus posesiones a su peor enemigo en lugar de a sus hijos era demasiado humillante.

–Que defraudaré a todo el mundo, sobre todo a mí misma.

–¿Has leído el contrato de compra de tu padre?

–¿El del ático? No, ¿por qué?

–Porque, como propietario del edificio, yo me reservo el derecho de romper el contrato y desahuciar a cualquiera si tengo causa suficiente para hacerlo.

Nadia tragó saliva. ¿Qué estaba intentando decirle? Tenía que preguntarle a su abogado qué pasaría si Lucas Stone decidía echarla de allí. ¿Conseguiría así su libertad o le costaría a ella y a sus hermanos la herencia?

¿Seguiría teniendo que cumplir las condiciones del testamento si el ático ya no estaba disponible? ¿La culparían sus hermanos por perder «la herencia maldita», como la llamaba Rand, si ocurría algo así o podrían presentar una contra-demanda?

Esperaba que Lucas sólo quisiera ayudarla a escapar porque temía no poder aguantar diez meses más en el exilio, especialmente con él allí.

–No puedes hacer eso.

–O dejas que te enseñe a conducir o llamo al departamento jurídico de mi empresa... y entonces le habrás fallado a tus hermanos.

–¿Y qué te hace pensar que tú puedes enseñarme?

–Enseñé a mis dos hermanas.

–¿No fueron a una auto-escuela, como todo el mundo?

–Nuestras circunstancias no eran las de todo el mundo.

Tal vez a él se lo parecía, pero para Nadia eran una familia estupendamente normal, acogedora, genuina. Era cierto que no tenían mucho dinero, pero había un gran cariño entre ellos. Por una vez, no había tenido qué preguntarse qué querían de ella los Stone o si les caía bien. Todos eran como un libro abierto...

O eso había creído.

Pero, por el momento, no tenía más remedio que aceptar la absurda oferta de Lucas.

Su móvil sonó antes de que tuviera tiempo de decirlo y, alegrándose de la interrupción, Nadia miró la pantalla:

–Es Mitch –murmuró, levantándose para ir al otro lado de la terraza, de espaldas a Lucas–. Dime.

–He encontrado la petición de divorcio, pero no los documentos de finalización. Y la petición está firmada por ti.

–Yo no recuerdo haber firmado nada, pero ya sabes cómo estaba entonces.

–Sí, lo sé –dijo su hermano.

Había estado inmersa en una especie de neblina durante meses después del accidente, incapaz de hacer vida normal. Y cuando por fin se recuperó un poco, empezó a ir a la Universidad de Miami. Aunque ella había soñado ir a Nueva York para estudiar diseño de moda…

¿La habría hecho firmar su padre durante ese turbio periodo de su vida?

–¿Cuándo firmé la petición?

–El día 13 de agosto.

Nadia se quedó helada. Mitch siguió dándole datos, pero apenas escuchaba lo que decía porque daba igual.

Quería gritar, pero de su garganta no salía sonido alguno.

–Mitch, eso fue cuatro días después de mi boda.

–¿Cuatro días? Pero entonces tú estabas en coma y… –su hermano no terminó la frase–. No me lo puedo creer. Papá debió falsificar tu firma.

–¿Eso significa lo que yo creo que significa?

–Si tu firma está falsificada, el documento no tendría ningún valor. Voy a llamar a Richards inmediatamente.

Nadia empezó a pensar entonces en las cosas que había hecho para olvidar su pena. Cosas que una mujer casada no debería hacer. Porque se sentía muerta por dentro y necesitaba demostrarse a sí misma que no había muerto en ese accidente con su marido y su hijo. Y porque sentía que ya no tenía nada que perder. La vida que ella conocía había terminado.

Lentamente, se dio la vuelta para encontrarse con la mirada de Lucas al otro lado de la terraza.

–No te asustes –la voz de Mitch no consiguió calmarla como otras veces.

–¿Cómo que no me asuste? Sigo casada con Lucas Stone.

Capítulo Cuatro

«Sigo casada con Lucas Stone».

Lucas no podía oír las palabras de Nadia, pero podía leer sus labios y ver cómo el color desaparecía de sus mejillas.

Y tuvo que contener el deseo de lanzar el puño al aire en un gesto de alegría mientras se acercaba a ella. Se detuvo tan cerca como para que la brisa de la mañana le llevara su perfume. Su perfume. No la carísima colonia que solía ponerse en sitios muy interesantes. Ese recuerdo aceleró su pulso. La fragancia de Nadia aún podía despertar sus hormonas como ninguna otra cosa en el mundo.

Ella cortó la comunicación y respiró profundamente, llamando la atención de Lucas sobre sus pechos.

–¿Algún problema?

Tuvo que contenerse de nuevo para no preguntar qué había hecho mal Everett Kincaid esta vez. Le daba igual, fuera lo que fuera pensaba aprovecharse de la situación.

Y luego estaba el alivio de que ninguno de los dos se hubiera casado de nuevo en esos once años. La bigamia era un problema muy serio. Su madre lo había descubierto de primera mano...

Nadia parpadeó, nerviosa.

–Parece que hay un problema con la firma de los papeles del divorcio.

–Tú no los firmaste.

–Pues... no lo sé.

La verdad estaba escrita en su rostro. Nadia jamás había sido capaz de contar una mentira de manera creíble. Su honestidad había sido una de las cosas que lo atrajeron de ella... junto con ese cuerpazo, su sentido de la aventura y la calidez que mostraba hacia su familia. Jamás había mirado a su madre por encima del hombro, aunque Lila Stone había tenido tres hijos con tres hombres diferentes y sólo había estado «casada» con uno de ellos, el inútil del padre de Lucas, casado con otra mujer, que se había subido al coche cuando él tenía dos años y no había vuelto jamás.

La familia de Nadia no lo había aceptado de tan buen grado como ella, pero tendrían que comerse esa actitud cuando él se quedase con los cruceros Kincaid.

–Seguimos casados. Eso es lo que te ha dicho tu hermano.

Nadia se mordió los labios.

–Es posible. Pero Mitch va a seguir investigando.

Un golpe de viento lanzó el flequillo sobre su frente y cuando Lucas lo apartó con el dedo, Nadia tuvo que llevar aire a sus pulmones.

La química seguía ahí y, evidentemente, era recíproca. Acostarse con ella no sería tan difícil, pensó.

–Entonces, debería besar a la novia

Se inclinó para besarla y, al rozar sus labios, fue como si hubiera recibido una descarga eléctrica. Ella le devolvió el beso durante un segundo pero enseguida se apartó, dando un paso atrás... y Lucas la sujetó del brazo cuando estaba a punto de caer a la piscina.

–Cuidado.

Nadia se soltó de un tirón, pero el rubor de sus mejillas le decía que el beso lo había afectado tanto como a él.

–Suéltame. Nuestro matrimonio está roto, digan lo que digan los papeles. Mi abogado lo arreglará todo.

La última vez no había tenido que ir tras ella. Atrevida, había sido Nadia quien dio pie al primer encuentro. Y sí, había descubierto después que era para sacar a su padre de quicio, pero le gustaba lo suficiente como para que le diera igual. A partir de entonces, lo único que tuvo que hacer fue dejar que la madre naturaleza siguiera su curso. La atracción entre ellos era tan fuerte que pasaban juntos todo el tiempo posible.

Pero no parecía que Nadia fuera a ponérselo tan fácil en esta ocasión.

–Después de desayunar, te daré tu primera clase de conducción.

–No quiero que me des clases de nada.

–¿Cuál es tu trabajo en los cruceros Kincaid?

Nadia arrugó el ceño, sin entender.

–Soy Directora de Servicios. ¿Por qué?

Lucas tuvo que disimular su sorpresa. Debería haber investigado los nombres del consejo ejecutivo... pero en lo que se refería a Everett Kincaid tenía una idea fija y se había concentrado en los datos económicos en lugar del personal porque jamás se le ocurrió que Nadia trabajase para aquel canalla.

Sin duda, las dificultades que le había creado con los proveedores debía haber sido una espina en el costado de Nadia durante todos esos años ya que, en su puesto, era precisamente a quien más podían molestar las subidas de precios y la dificultad para obtener suministros.

–Como miembro del consejo de dirección, imagino que sabrás que los cruceros Kincaid tendrían un serio problema de imagen si la gente supiera que Everett falsificó un documento legal y sobornó al marido de su hija para que desapareciese del mapa.

Nadia se puso tensa.

–Si se supiera, no sólo el nombre de mi padre quedaría dañado, el tuyo también. Sería un escándalo.

Lucas ya no era el chico al que Nadia llevaba por donde quería. La vida y Everett Kincaid lo habían endurecido.

–¿De verdad crees que no lo haría?

–No aprietes el volante con tanta fuerza.

Nadia fulminó con la mirada al hombre sentado a su lado en el lujoso Mercedes. No podía hacer lo que Lucas le pedía porque todo su cuerpo estaba rígido de miedo. Y no podía dejar de temblar.

Su madre había muerto en un accidente de tráfico. Su hijo había muerto en un accidente de tráfico. Y, hasta dos días antes, pensaba que también su marido había muerto en un accidente. Tenerlo a su lado en carne y hueso no podía borrar tantos años de angustia.

¿Irracional? Posiblemente. Pero no podía evitarlo.

No quería estar allí, en Dallas. Ni en ese coche, ni con ese hombre... un hombre que la había traicionado y que estaba chantajeándola para salirse con la suya.

Como había hecho siempre su padre.

Por otro lado, debía admitir que aquel nuevo Lucas, más duro, más seguro de sí mismo era... en fin, interesante.

Aunque no tenía la menor intención de volver a estar con él. Y, desde luego, no iba a darle otra oportunidad de pisotear su corazón.

Por muy bien que besara.

El recuerdo del beso la puso aún más nerviosa y, buscando una distracción, miró el aparcamiento vacío, esperando que la policía o los de seguridad los echasen de allí.

—No deberíamos estar aquí. En la verja hay un cartel de *No Pasar*.

—Es propiedad de un amigo mío.

—¿Y ese amigo tuyo no serás tú mismo?

—Sí —contestó él tranquilamente.

—¿Por qué esta cerrado el negocio?

—¿Vas a ponerte a conducir o no?

—¿Vas a contestar a mi pregunta o no?

Lucas dejó escapar un suspiro.

—El equipo informático está siendo modernizado esta semana, pero abrirán de nuevo el lunes. Arranca el coche.

No podía ser tan difícil darle la vuelta a la llave, pero Nadia no era capaz de soltar el volante.

—Nadia, mírame. Esto no es diferente a conducir los coches de choque de las ferias. Eso te gustaba, ¿no?

Ella respiró profundamente, buscando recuerdos de tiempos más alegres. Lucas y ella habían pasado mucho tiempo haciendo las mismas cosas que hacía todo el mundo... bueno, las herederas no solían montar en coches de choque, pero él le había enseñado algo diferente al reducido mundo en el que solía moverse.

—Sí, lo pasaba bien.

—Esta vez no tendrás que sujetarte a nada porque nadie va a darte un golpe. Aquí no hay nadie, no puedes tener un accidente.

—Eso es fácil de decir.

—Has conducido cochecitos de golf, los pedales son los mismos.

Nadia flexionó los dedos sobre el volante. El asiento de cuero se pegaba a sus piernas y no podía mover los pies.

—No vamos a irnos de aquí hasta que hayas dado una vuelta por el aparcamiento.

Era absurdo no poder conducir un coche en un aparcamiento vacío, pensó Nadia; una señal de debilidad y ella no era una persona débil.

—¿Una vez?

—Una vez.

Una vuelta, sólo tenía que hacer eso. Nadia giró la llave del contacto y el motor arrancó. El pie le pesaba una tonelada mientras lo pasaba del freno al acelerador. El motor rugía, pero el coche no se movía ni un centímetro.

—Vuelve a poner el pie en el freno y pon la palanca en arrancar. Es un coche automático, ya verás qué fácil.

Ella apretó los dientes e hizo lo que le pedía. Pero cuando el coche se movió, su corazón empezó a latir como loco dentro de su pecho.

Tenía que hacerlo, tenía que dar una vuelta y así Lucas la dejaría en paz.

Durante los dos primeros meses de su exilio había rezado por tener un vecino, alguien con quien hablar. Y ahora estaba deseando librarse de él.

–Mira la carretera, princesa.

–¿Qué carretera? Esto es un aparcamiento.

Lucas sonrió.

–Cuando des la vuelta al edificio, intenta mantenerte entre las líneas.

Siempre había hecho eso, animarla, guiarla. Pero Nadia no quería que fuese paciente y comprensivo, quería que fuese insoportable, insufrible.

Así sería más fácil odiarlo.

Porque en aquel momento se lo estaba poniendo muy difícil.

Nunca la proximidad de alguien la había puesto más nerviosa.

Nadia dio un paso atrás y se pegó a la pared del ascensor para alejarse de él, intentando no respirar el aroma de su colonia. Pero podía sentir esa mirada azul clavada en ella y era como si estuviera tocándola. Sin embargo, junto con el nerviosismo experimentaba una sensación de inmensa alegría.

Había conducido un coche.

Eso no significaba que pudiera conducirlo por la calle, naturalmente, pero aun así... en un solo día había logrado algo que no había podido conseguir después de once años de terapia.

Gracias a Lucas.

«No pienses en eso. Es un oportunista y un canalla».

No podía perdonarlo por elegir el dinero antes

que a ella y no podía ablandarse. Pero estaba en peligro de hacer ambas cosas.

Recordar la cena que había compartido con él, la agradable conversación sobre música, cine y literatura, no era buena idea.

Había sido casi como su primera cita...

Pero no podía pensar en esa cita, ni en el pasado ni en los buenos tiempos. Sin embargo, sentía que se estaba ablandando y, sin darse cuenta, levantó la mirada... para encontrarse con los ojos azules de Lucas clavados en sus labios.

Nadia quería que la besara, pero sería un gran error porque sus besos de buenas noches solían terminar por la mañana. Así era como se había quedado embarazada. De modo que buscó una distracción.

—Gracias por la cena.

—De nada. Cenaremos juntos cualquier otro día. Estoy orgulloso de ti, Nadia.

—Yo también estoy orgullosa de mí misma.

—Lo has hecho muy bien para ser la primera clase. Mañana será más fácil, ya verás. Empezaremos a las nueve.

—Oye, sobre lo de mañana...

Las puertas del ascensor se abrieron en ese momento, pero Lucas no salió. Dando un paso hacia ella, puso una mano en la pared, al lado de su cara.

Y Nadia buscó algo que decir. Rápido.

—Bueno, en fin, gracias por la cena...

Lucas levantó su barbilla con un dedo y ella se quedó sin respiración. Cuánto deseaba que la besara. Afortunadamente, escuchó una vocecita de alarma en su cerebro y, agachando la cabeza para pasar por debajo de su brazo, salió del ascensor a toda prisa.

—Buenas noches.

Luego entró en su apartamento y cerró la puerta.

Había estado demasiado cerca y tenía que controlar sus hormonas antes de que la metieran en un lío.

A las seis y cinco de la mañana, Nadia comprobó por la mirilla que no había nadie en el rellano. La puerta de Lucas estaba cerrada.

Tenía que salir de allí y en lugar de tomar el periódico saltó por encima, cerró la puerta sin hacer ruido y, de puntillas, fue hacia el ascensor. Aún no sabía cómo los espías de su padre comprobaban si estaba en casa todos los días desde la medianoche hasta las seis de la mañana, quizá a través de la gente de seguridad. En cualquier caso, eran cinco minutos después de la seis, así que podía hacer lo que le diese la gana.

Nadia hizo una mueca cuando sonó la campanita del ascensor y permaneció en tensión hasta llegar al vestíbulo.

—¿Va a salir, señorita Kincaid? —le preguntó el guardia de seguridad.

—Sí —intentó sonreír ella, esperando que no llamase a Lucas de inmediato.

—¿Quiere que llame a un taxi?

—No, gracias, William.

Había saltado el primer obstáculo, pero si quería seguir sin ser detectada tendría que tomar algún método de transporte público. Claro que si podía mover docenas de barcos por todo el globo, también podía mover a una persona en autobús.

Había sacado de la impresora un mapa de Dallas y lo llevaba en el bolso, junto con su ordenador portátil. El mapa, el ordenador y una estrategia más o menos desarrollada la mantendrían alejada de Lucas y del edificio durante todo el día.

–Se ha levantado muy temprano –insistió William.
–Sí, es verdad.
–¿Va a algún sitio en particular?
Ella no había nacido ayer. Si le decía dónde iba, seguramente Lucas lo sabría antes de que llegase a la acera.
–Voy a dar una vuelta por la ciudad. Hasta luego.
Nadia salió del portal y caminó por la acera a la velocidad que le permitían sus sandalias de cuña de Stella McCartney. Odiaba las mentiras y a los mentirosos, aunque la sinceridad no era algo habitual en el círculo en el que solía moverse.

Apenas había amanecido y el cielo seguía siendo gris, pero ya empezaba a haber tráfico. Ella estaba acostumbrada a las grandes ciudades, pero era diferente cuando no sabía bien dónde iba y no tenía un conductor esperando para llevar las bolsas o darle indicaciones. Además, solía viajar con sus amigos... o sanguijuelas como los llamaba su padre, que siempre sabían dónde estaba todo.

Su plan era buscar un café con acceso a Internet y tomar algo de desayuno hasta que abriesen las bibliotecas.

Las bibliotecas. Nadia sacudió la cabeza. En cualquier otra ocasión estaría en Manhattan, París o Milán. Pero ahora, con su presupuesto mensual de dos mil dólares y la prohibición de viajar, necesitaba un lugar silencioso y con aire acondicionado donde poder matar el tiempo y mantenerse ocupada para no pensar en los saltos de alegría que habían dado sus hormonas cuando los labios de Lucas rozaron los suyos la noche anterior.

No había visto que la siguiera nadie pero, por si acaso, se mezcló con una docena de personas que cruzaban la calle.

Sólo habían pasado sesenta horas desde que su «difunto» marido había salido de la tumba, pero se daba cuenta de que aquel Lucas no era el Lucas que ella había conocido. Este Lucas no saltaba cuando ella movía un dedo. No sabía cuáles eran sus planes, pero estaba segura de que un nuevo divorcio no estaba en su agenda.

Nadia tuvo que preguntar para encontrar la parada de autobús… aunque ni siquiera sabía cuánto valía un billete. No había viajado en autobús ni una sola vez en sus veintinueve años. Su padre tenía razón: no sabía cómo sobrevivir en el mundo real.

Pero tenía intención de aprender.

En el trabajo era más que competente. Sólo había que ver lo bien que lo había hecho a pesar de tener a esa maldita empresa, Andvari, entorpeciendo sus pasos. Andvari se dedicaba a quitarle los proveedores y había tenido que dejarse el pellejo para encontrar los suministros que necesitaba la línea de cruceros a precios razonables. Ni siquiera su padre había podido encontrar fallos en las creativas soluciones que encontraba para los problemas.

Pero en su vida personal… en fin, necesitaba ponerse las pilas. Y seguramente ésa era la razón por la que su padre había decidido exiliarla al otro lado del país.

Pero entender sus motivos no hacía que estuviera menos furiosa con él.

Tras comprobar el mapa varias veces, Nadia consiguió bajarse en la parada prevista y, después de tomar un café y un yogur de frutas, entró en la biblioteca en cuanto abrieron sus puertas. Y el olor de los libros hizo que se sintiera como en casa.

Durante su época de la universidad había pasado mucho tiempo en la biblioteca, estudiando y evitando a su padre.

«¿No ves un patrón de comportamiento, Nadia?», le pareció escuchar la voz de su psicólogo.

Sí, era cierto, siempre había evitado a los hombres de su vida escondiéndose. Sí, había un patrón de comportamiento, uno que debía corregir. Y lo haría, en cuanto estuviera en terreno más firme. Pero, por el momento, seguiría evitando a Lucas. Y si la encontraba en aquella biblioteca, según Google había veinte más en la zona, de modo que no sería ningún problema.

Hablando de Google, Lucas la había puesto tan nerviosa que había olvidado buscar información sobre él.

Nadia encontró una mesita alejada de la entrada y, después de encender el ordenador, escribió *Lucas Stone* en la barra del buscador.

Había varios Lucas Stone, pero ninguno era el suyo.

¿El suyo?

Nadia suspiró, irritada. Abrió todas las páginas, pero no encontraba nada sobre aquel Lucas. Qué extraño. Si era propietario de varias empresas tendría que haber algo en Google sobre él.

Al no encontrar nada, le envió un mensaje a su

hermano porque Mitch tenía más recursos que ella en Miami. Además, le pidió que buscase el contrato de compra-venta del ático para averiguar si Lucas podría echarla y cuáles serían las consecuencias.

Aunque odiaba tener que pedirle ayuda, necesitaba saber en quién se había convertido Lucas Stone y contra qué estaba luchando.

–Te has saltado la clase de conducir.

La voz de Lucas en el rellano sobresaltó a Nadia. No lo había oído abrir la puerta pero, sin darse la vuelta, metió la llave en la cerradura.

–Sí, es verdad, es que tenía cosas que hacer.

–No me dijiste nada anoche, cuando te pedí que estuvieras lista a las nueve.

Nadia se volvió entonces, buscando alguna excusa plausible. Pero Lucas llevaba unos vaqueros gastados y una camiseta blanca de manga corta, ambos de Diesel. Desde luego, había aprendido a vestirse en esos once años. Y tenía mucho que lucir.

–No me lo pediste, me diste una orden y a mí no me gusta que me den órdenes.

Su padre era un experto en eso y siempre esperaba que lo obedeciesen sin rechistar. Algo que a Nadia nunca se le había dado bien.

–Tienes cinco minutos.

–Lucas, estoy cansada. Llevo todo el día fuera de casa, sólo quiero cenar algo e irme a dormir.

–He reservado mesa en un restaurante para después de la clase. Así no tendrás que cocinar.

Otra cena que no tendría que preparar. Muy tentador, pero...

–¿Y si digo que no?

Lucas sacó el móvil del bolsillo del pantalón. Llamaría a su abogado, o a la prensa… o a quien pudiera hacerle la vida imposible.

–Tardaré más de cinco minutos en arreglarme.

–Diez.

–¿Diez minutos? Pero bueno…

–El reloj está en marcha. Venga, Nadia, está empezando a anochecer.

–¿No tienes nada mejor que hacer que molestarme?

–¿Qué podría ser más importante que volver a relacionarme con mi mujer?

–¡No soy tu mujer!

–¿Quieres una copia de la petición de divorcio que he recibido hoy? He comparado tu firma con la de tus cartas… sí, es una buena falsificación, pero no es tu firma.

Lo que se temía. Mitch debería haberle enviado esa copia por mensajero para que ella misma lo comprobase…

Entonces se dio cuenta de algo: sus cartas.

Entonces no usaban Internet, de modo que se escribían a la manera tradicional. Y las notas que intercambian eran… subidas de tono, por decir algo. Llenas de fantasías y de emoción.

Nadia había conservado todas las cartas de Lucas. Y las entradas de cine, los pétalos de rosa aplastados entre las páginas de los libros… aunque ahora esa colección estaba escondida en una caja, en su vestidor de Miami.

Tras su «muerte», prácticamente había organizado un altarcito en su habitación para Lucas y su hijo. Su padre no podía soportarlo. Y ahora sabía por qué había insistido tanto en que saliera, en que conociera a alguien... hasta que ella le devolvió el golpe llevando a casa a lo peorcito de Miami para que la dejase en paz.

Ninguno de esos hombres había sido capaz de ocupar el sitio de Lucas y ninguno de ellos había sido capaz de llenar el vacío causado por la pérdida de su hijo.

¿Y si hubiera encontrado a alguien?, se preguntó entonces. ¿Y si hubiera vuelto a casarse?

–¿Sigues teniendo mis cartas? –le preguntó. Había perdido la cuenta de las noches que había dormido abrazada a las de Lucas...

–Las conservé para recordar que algunas mujeres no cumplían sus promesas –dijo él–. Tu padre nos destrozó la vida a los dos, Nadia, pero sé que tú no eres responsable de nada. Venga, vamos, sólo te quedan ocho minutos.

Nadia entró en el apartamento e intentó cerrar la puerta, pero Lucas se lo impidió poniendo la mano.

–Te espero aquí.

Para que no cerrase con llave, claro. Qué listo.

Podría ponerse a discutir, ¿pero de qué serviría? No quería arriesgarse a que la echase de allí o hablara con la prensa, de modo que entró en su dormitorio y cerró la puerta para cambiarse.

Aunque no iba a arreglarse demasiado para él, se puso unos vaqueros y una camiseta de color verde lima con escote de nido de abeja que hacía que sus pechos pareciesen más grandes. Ella no se había operado como la mayoría de sus amigas porque le daban alergia los hospitales. No podía acercarse a uno sin sentir que se ahogaba.

Despertar del coma con el pelo rapado y tubos por todas partes no había sido una experiencia agradable y todo había ido cuesta abajo cuando se padre le contó que tanto Lucas como su hijo habían muerto. Y luego, un mes más tarde, había descubierto que la muerte de su madre no fue un accidente y que no había sido el primer intento de suicidio de Mary Elizabeth Kincaid.

Cuando por fin salió de aquella neblina de dolor, Nadia se juró a sí misma no volver a ser tan vulnerable nunca más. Y eso significaba no volverle a abrir su corazón a ningún hombre, particularmente al que esperaba al otro lado de la puerta.

Sacudiendo de sí esos recuerdos, se pasó una mano por el pelo, absolutamente necesitado de un buen corte y unos reflejos, se puso unas modernísimas sandalias de Michael Kors y salió de la habitación.

Lucas Stone podía obligarla a pasar algún tiempo con él, pero no podía hacer que olvidase la dura lección que había aprendido.

Enamorarse de él había sido tan natural como respirar y lo más fácil que había hecho en toda su vida.

Perderlo había sido lo más difícil. Tanto que había estado a punto de seguir los pasos de su madre. Pero eso no volvería a pasar nunca más.

Capítulo Cinco

Al escuchar un alarido, Nadia dio un salto en el sofá semicircular y acabó prácticamente sobre las rodillas de Lucas.

El hombre de la mesa de al lado estaba tirado hacia atrás sobre la silla, la pechera de la camisa manchada de rojo, su boca moviéndose sin emitir sonido alguno, los ojos muy abiertos...

Horrorizada, Nadia miró alrededor. ¿Qué estaba pasando allí? ¿Le habían disparado? Ella no había oído ningún disparo.

Pero cuando intentó acudir en su ayuda, Lucas la sujetó del brazo.

—Suéltame. Tengo entrenamiento en primeros auxilios, puedo ayudarlo.

Él sonrió. ¿Por qué sonreía cuando aquel hombre estaba muriéndose delante de ellos?

—Nadia, es un juego.

La mujer que estaba con el herido se había tapado la cara con las manos, sus gritos haciendo eco por toda la sala.

«Será idiota. Haz algo en lugar de gritar».

Pero la mujer, histérica, ni siquiera intentaba detener la hemorragia...

—¡Lucas, hay que llamar a una ambulancia!

—Es un juego, Nadia. Es una obra de teatro.

—¿Qué?

—Que son actores. Sé que te gusta mucho el teatro y he querido darte una sorpresa.

Pues desde luego se la había dado.

—¿Una obra de teatro?

—Sí, café-teatro. Están representando una obra de misterio.

Ahora que lo sabía, resultaba evidente. Eran buenos actores, pero esos gestos, esas expresiones ligeramente exageradas... sí, estaban actuando.

Nadia dejó escapar un suspiro de alivio, aunque se sentía como una tonta. Afortunadamente, ella no había sido la única en intentar acudir al rescate. Podía ver a otras personas igualmente asustadas.

—Muy gracioso.

—Esperaba que te hiciera gracia —sonrió Lucas.

Estaban muy cerca, tan cerca que podía notar su aliento en la cara, tan cerca que, de repente, rozó su oreja con los labios. Nadia intentó apartarse, pero él sujetó su brazo.

—Disfruta del espectáculo.

—Sí, claro.

¿Qué otra cosa podía hacer?

Nadia se concentró en los actores, uno de ellos interpretando al detective que investigaba el caso...

Intentó seguir el diálogo, el argumento de la historia. Cualquier cosa para olvidar al hombre que estaba a su lado.

Siempre había sido fan de las obras de Broadway y a menudo iba a Nueva York sólo para acudir al teatro, pero nunca había visto una función representada en un restaurante.

Cuando Lucas y ella salían juntos, él no tenía dinero para ir a Nueva York los fines de semana, pero

Nadia lo llevaba a teatros locales, a los museos, a conciertos en el parque... que solían escuchar sentados sobre una manta en la hierba. Le encantaba todo eso, pero sobre todo le encantaba poder disfrutarlo en los brazos de Lucas.

Y en aquel momento estaba un poco demasiado cómoda en esos mismos brazos. Pero, aunque intentó apartarse un poco, no consiguió respirar mejor.

Tuvo que hacer un esfuerzo para apartar de sí los recuerdos y concentrarse en la obra que se representaba frente a ella hasta que llegó el entreacto y el público empezó a aplaudir.

Lucas, entonces, se llevó su mano a los labios. El suave roce hizo palpitar su corazón y encendió una llama en su vientre. Cuando sus miradas se encontraron, tuvo que combatir con todas sus fuerzas el deseo de besarlo.

—¿Lo estás pasando bien?

Tenía que romper aquel hechizo antes de que Lucas pudiese traicionarla de nuevo pero, en lugar de hacerlo, se encontró inclinándose hacia él.

—Sí, gracias por traerme.

—De nada —Lucas apartó un mechón de pelo de su cara, el roce de los largos dedos masculinos enviando un escalofrío por su espalda.

Pero lo que llamó su atención fue el reflejo de la lámpara en el cristal de su reloj.

La hora.

No había pensado en la hora.

¡Las once y media! Iba a llegar tarde a casa. Nerviosa, Nadia tomó su bolso.

—Tengo que irme.

Estaba a punto de dar comienzo el segundo acto y no quería ser grosera cruzando la sala en medio de la representación, pero tenía que llegar a su apartamento antes de las doce o sus hermanos y ella perderían la herencia.

–La obra no ha terminado.

–Pero yo tengo que marcharme –insistió ella, prácticamente corriendo hacia la entrada del restaurante.

Lucas la tomó del brazo cuando iba a salir.

–¿Qué pasa? ¿Por que tienes que irte con tanta prisa? ¿Estás enferma?

–No, no, estoy bien... –Nadia no tenía la menor intención de contarle que su padre la había castigado desde la tumba como si fuera una adolescente–. Llévame a casa, por favor. O quédate aquí, yo tomaré un taxi.

–Pero si estabas disfrutando de la representación...

–Sí, ya, pero tengo que irme.

–Yo te llevaré.

–No hace falta, de verdad.

–Insisto en hacerlo. Pero quiero que me cuentes qué pasa.

–Sí, bueno, te lo contaré por el camino. Pero llévame a casa y date prisa –dijo Nadia, mirando el reloj con expresión ansiosa.

Lucas le hizo un gesto al maître mientras sacaba unos billetes de la cartera y, dos minutos después, salían del restaurante.

–¿Vas a contármelo o no? –le preguntó mientras subían al coche.

–Tengo que estar en casa a medianoche.

–¿Por qué?

Nadia intentó encontrar una excusa que fuera creíble, pero no se le ocurría ninguna.

—Es una de las condiciones del testamento de mi padre.

—¿Y si no estás en casa a las doce?

—Las cosas podrían ponerse feas y no sólo para mí, para mis hermanos también. Y para Rhett.

—¿Quién es Rhett?

—Mi hermanastro. Mi padre nos sorprendió con un hijo ilegítimo hace unos meses. El pobre sólo tiene un añito.

Aún no había visto más que fotografías de su hermanastro. No había podido abrazarlo ni darle un beso porque estaba exiliada en Dallas. Y gracias a ese estúpido testamento no podría hacerlo hasta el mes de junio. Pero para entonces Rhett tendría dos años y seguramente ya no estaría interesado en hermanastras que lo achuchasen.

Rhett tenía los rasgos de los Kincaid. ¿A quién se habría parecido su hijo?, se preguntó. ¿Habría tenido el pelo oscuro y los ojos verdes como ella o sería rubio de ojos azules como su padre?

—¿Cómo que las cosas podrían ponerse feas?

La pregunta de Lucas interrumpió sus pensamientos. Nadia vaciló un momento y después decidió contar «lo imprescindible», como diría Mitch.

—Si no cumplo las condiciones, pondré en peligro la herencia para mí y para mis hermanos. Pero no pienso hacerlo.

—¿Entonces es por el dinero?

—No, no es por el dinero. Es que Rand y Mitch siempre han sido estupendos conmigo. Siempre me he apoyado en ellos cuando estaba mal...

Estaba hablando demasiado, pensó entonces.

—¿Cuando estabas mal? ¿Qué quieres decir?

–Que estuvieron a mi lado cuando tú... cuando creí que habías muerto. No me dejaron sola ni un minuto.

–Lo de tu padre no tiene nombre –dijo Lucas entonces.

–Desde luego –suspiró ella–. Y cuantas más cosas descubro sobre él, más me pregunto si me quería o me odiaba.

–Porque le recordabas a tu madre.

De modo que se acordaba. Nadia asintió con la cabeza y Lucas apartó una mano del volante para tomar la suya.

–Odiarte es imposible. Créeme, yo lo he intentado.

Sus palabras provocaron en Nadia una extraña emoción. Y lo más aterrador era que a ella le pasaba lo mismo. Tampoco ella podía odiarlo. Pero tenía que olvidarse de Lucas y seguir adelante. Porque sus recuerdos de un amor perfecto no eran más que fantasías.

Al amor verdadero no se le podía poner precio.

–Aún faltan cinco minutos para las doce –dijo Lucas.

–Siento que te hayas perdido el resto de la función.

Nadia abrió la puerta del ático y miró alrededor, preguntándose no por primera vez si habría una cámara oculta o algún artilugio estilo 007 vigilando sus pasos. ¿O habría sobornado su padre a los de seguridad? Ése era el estilo de Everett Kincaid. Su padre siempre había creído que todo el mundo tenía un precio y, por lo visto, estaba en lo cierto. Desde luego, con Lucas no se había equivocado.

Era posible que los guardias de seguridad de Lucas se hubieran vendido a Everett Kincaid, pero decidió no contárselo porque no sabía qué podría pasar. El absurdo testamento de su padre había dejado tantas cosas sin atar, tantas preguntas sin respuesta. Y ninguna de esas ridículas cláusulas se podía impugnar... o eso decían sus hermanos, que habían contratado a un ejército de abogados para que lo estudiasen con lupa.

En fin, ahora que estaba de vuelta en prisión, su corazón empezaba a latir con cierta normalidad por primera vez desde que salió del restaurante. Pero cuando se dio la vuelta para darle las buenas noches se sorprendió al ver a Lucas en el quicio de la puerta, tan cerca que podría tocarlo si quisiera. Y no quería. Bueno sí, quería, pero no iba a hacerlo.

–Gracias por la clase, por la cena y por el teatro.

–Mañana tenemos que empezar muy temprano –dijo él, dando un paso adelante.

Y Nadia dio un paso atrás. Evitarlo era su prioridad, especialmente después de lo comprensivo que se estaba mostrando esa noche.

–Mira, aunque agradezco tu ayuda, imagino que tendrás trabajo. Tus negocios, sean los que sean, no pueden llevarse solos. Volveré a llamar a los de la auto-escuela y seguiré con las clases.

Y lo haría. Algún día. Gracias a Lucas había podido superar el miedo a arrancar un coche y, con el tiempo, sería capaz de conseguir el permiso de conducir. Pero no en las carreteras de Dallas; sería mejor posponerlo para cuando estuviera de vuelta en Miami.

–No hace falta, puedo enseñarte yo.

–Sí, bueno… es muy tarde. Gracias otra vez, buenas noches.

–No, espera –Lucas la llevó al salón y, después de sentarse en el sofá, tiró de ella para sentarla a su lado–. Cuéntame qué hiciste después del accidente.

Nadia no quería tener esa conversación pero, aparentemente, iba a ser la única forma de librarse de él.

–Fui a la universidad y durante el verano trabajaba para los cruceros Kincaid.

–¿Haciendo qué?

–Trabajaba en Cayo Crescent.

–¿En la isla privada que usa la línea?

–Sí.

–¿Haciendo qué?

Nadia intentó apartarse un poco.

–Me encargaba de organizar las excursiones en kayak, las clases de buceo… o lo que hiciera falta.

–Está muy bien para ser un primer trabajo.

–Sí, bueno, mi padre no me dejó trabajar hasta que cumplí los dieciocho años.

–Pero tú tampoco querías.

–No creo que nadie quiera trabajar mientras está en el instituto a menos que sea necesario –respondió Nadia.

Aunque no le hubiera importado trabajar cuando se casó con él. De hecho, sabía que tendría que hacerlo porque Lucas ganaba muy poco dinero.

¿Se había acercado más? Nadia se echó hacia atrás, pero Lucas tiró ligeramente de su brazo y se apoderó de su boca antes de que ella pudiese protestar.

El beso la golpeó como un tsunami, ahogándola en recuerdos, en sensaciones, en el hechizo que siempre se apoderaba de ella cuando estaba con Lucas. Nadia se agarró a su brazo para apartarse, pero terminó teniendo que sujetarse para no perder el equilibrio.

No la besaba como antaño. Once años antes, los besos de Lucas eran apasionados pero tentativos, los besos de un chico joven. Ahora, sin embargo, la besaba como un hombre con la misión de destruir cada una de sus reservas.

Y lo estaba haciendo muy bien.

«Apártate».

El contraste entre la suavidad de sus labios y su firme actitud le robó la habilidad de responder a cualquier orden que le diera su cerebro.

Con un brazo alrededor de su cintura, aplastándola contra su torso, y la otra mano acariciando su cuello mientras mordisqueaba su labio inferior, la tenía casi inmovilizada. Pero la caricia húmeda de su lengua despertó una ola de deseo entre sus piernas.

Su sabor, el olor de esa colonia tan familiar, el calor de su cuerpo la hacían sentir protegida y deseada. Como antes, como si nunca se hubieran separado.

Y lo había echado tanto de menos.

Su corazón lanzó un S.O.S cuando empezó a darle vueltas la cabeza. Nadia se agarró a él porque no imaginaba qué otra cosa podía hacer. La incipiente barba masculina rozaba su barbilla y Nadia apretó sus bíceps sin poder evitarlo. Necesitaba tocar su piel.

Pero habían pasado once años, Lucas la había traicionado... nada podía ser como la primera vez.

Por fin, logró apartarse de su abrazo y se levantó, llevándose una mano al corazón.

–Esto no puede ser.

–Tú me deseas tanto como yo.

–Pero he aprendido de la peor manera posible que no se puede tener todo. Y que, a veces, lo que quiero no es bueno para mí.

Lucas la miró en silencio durante unos segundos.

–Que duermas bien, Nadia –dijo luego, levantándose–. Hasta mañana.

En cuanto la puerta se cerró tras él, Nadia se dejó caer en el sofá, alegrándose de que él no hubiera insistido y de que ella no hubiese cambiado de opinión.

Una cosa era segura: dijeran lo que dijeran los papeles, ya no estaba casada con Lucas Stone. Porque él, su marido entonces, había aceptado el dinero que le ofreció su padre y no había vuelto a ponerse en contacto con ella.

–Perdone.

Nadia levantó la mirada de la revista de moda que estaba leyendo en la biblioteca el viernes por la mañana.

–¿Sí?

Una mujer de pelo gris estaba a su lado, las gafas colgando de una cadenita.

–¿Es usted Nadia Kincaid?

–Sí, soy yo –dijo ella, sorprendida.

–Me había parecido reconocerla por la fotografía de una revista que vi hace unos meses.

Nadia se puso colorada. La gente era un poco rara. Ella no era modelo ni actriz, pero más de una vez le habían pedido un autógrafo sólo porque a veces su fotografía salía en las revistas. Resultaba un poco extraño y le daba vergüenza, pero no le costaría nada firmarle un autógrafo a una señora tan agradable.

–Soy Mary Branch, la directora de la biblioteca. Y en el artículo de esa revista decía que había organizado usted una subasta en Miami con objeto de recaudar fondos para los niños prematuros. Y que habían conseguido una gran cantidad de dinero.

–Pues sí, es verdad –asintió ella, un poco más relajada.

Había donado su tiempo y su experiencia para la subasta porque muchos niños prematuros tenían posibilidades de salir adelante. El suyo no había podido.

–Pues verá, la persona que se encargaba de organizar ese tipo de eventos para la biblioteca ha dejado su puesto esta mañana y como la he visto por aquí estos días, he pensado que podría usted darnos algún consejo. Estábamos a punto de organizar una velada literaria para recaudar fondos, pero yo no sé nada de eso. Y necesitamos el dinero, se lo aseguro.

Como encontrar soluciones creativas era lo suyo, Nadia se sintió intrigada.

–¿Cuándo iba a tener lugar ese evento?

–En tres semanas.

¿Tres semanas y el barco no tenía capitán?

–¿Cuánto queda por hacer?

–No lo sé, pero tengo las notas de Sue Lynn en mi oficina… podría enseñárselas si está interesada en ocupar su puesto.

–Me gustaría ayudarla, pero no puedo trabajar en ningún sitio porque… he pedido excedencia en mi trabajo. Pero sí podría echar una mano como voluntaria.

–Es usted muy generosa, señorita Kincaid. Es un milagro haber encontrado a alguien con su experiencia en tan poco tiempo. ¿Quiere echarle un vistazo a los papeles?

–Sí, claro –Nadia se levantó de la silla.

La oferta era una respuesta a sus plegarias. Ayudar a organizar ese evento aliviaría el tedio y le daría una razón para no tener que estar en casa todo el día o paseando por la ciudad al amanecer para evitar a Lucas Stone.

Pero, sobre todo, le daría una razón para quedarse en Dallas y algo en qué pensar además de su ya nada difunto marido.

Capítulo Seis

—Me da igual lo difícil que sea —Lucas tenía que hacer un esfuerzo para no levantar la voz mientras hablaba por teléfono con su abogado—. Quiero una copia del testamento de Everett Kincaid y quiero que la consigas como sea.

Un golpecito en la puerta lo sorprendió. Nadia. No podía ser otra persona porque le hubieran avisado los de seguridad. Y que ella fuera a buscarlo era una novedad interesante.

—Tengo que colgar. Llámame cuando tengas lo que necesito.

El beso de la noche anterior lo había decidido a tener a su mujer en la cama de nuevo. Nadia lo deseaba; lo había saboreado en sus labios, lo había sentido en cómo se pegaba a él, en cómo el ritmo de su corazón se aceleraba. Por eso había hecho que la siguieran esa mañana, para saber dónde iba y a quién veía. Él no quería algo para siempre, pero tampoco le gustaba compartir cuando tenía una relación.

Lucas dejó el inalámbrico sobre la mesa y cruzó el salón para abrir la puerta. El rostro radiante de Nadia y su sonrisa lo dejaron sin aliento.

—Tengo un trabajo.

La biblioteca. Sus maniobras debían haber dado resultado, pensó, intentando disimular la satisfacción.

–Pensé que habías dicho que no podías trabajar por culpa del testamento.

–No puedo hacer un trabajo remunerado, pero sí puedo ayudar a la gente de la biblioteca a organizar un evento benéfico. Por lo visto, la persona que se encargaba de esas cosas ha dejado su puesto esta mañana de manera inesperada.

Un crucero por todo el mundo en la línea Mardi Grass era una buena razón para mucha gente.

–La directora de la biblioteca me reconoció por un artículo sobre un evento que organicé en el mes de abril y me preguntó si querría echarles una mano –siguió Nadia.

Su alegría lo sorprendió. Y que estuviese tan emocionada alivió un poco su sentimiento de culpa por haber manipulado la situación.

–¿Te interesan ese tipo de eventos?

Lucas sabía que sí porque había leído el mismo artículo antes de enviárselo a la directora de la biblioteca, junto con la promesa de un donativo importante. No había esperado que le encargasen la organización, aunque sabía que tenía experiencia...

Habría sido más fácil olvidarse de ella si las malditas revistas no publicasen artículos sobre la vida de la guapa heredera de los cruceros Kincaid. Lo curioso era que en ninguno de ellos se mencionaba que trabajaba tanto como salía de fiesta.

El informe de Terri dejaba claro que Nadia estaba dedicada a su trabajo y a la organización de eventos benéficos, aunque a su hermana no le había hecho mucha gracia tener que investigar la vida de su mujer.

–Se me da bien organizar cosas y solucionar problemas.

Su confianza, su recta postura le recordaban a la antigua Nadia, de la que se había enamorado entre otras cosas porque estaba convencida de que podía cambiar el mundo.

Hasta aquel momento no había visto a la rival que tan difícil le estaba poniendo hundir a la empresa Kincaid a través de los proveedores. Pero tenía que respetar su inteligencia y su determinación, desde luego.

–Pues tienen suerte de haberte encontrado.

Y él tenía suerte de que, a partir de entonces, estuviera ocupada durante el día porque así podría ayudar a Sandi a finalizar el último trato de Andvari. Su hermana se había encontrado con algunos obstáculos que no podía solucionar sola... principalmente por culpa de un banquero de la vieja escuela que prefería que las mujeres se quedasen en la cocina.

–Eso espero –dijo Nadia–. Pero quiero que sepas que voy a estar muy ocupada durante las próximas tres semanas.

–Mientras vuelvas a casa a tiempo para las clases...

–No, no creo que pueda.

–Es parte del trato, Nadia.

Ella arrugó el ceño.

–Esta noche tengo otras cosas que hacer, Lucas.

–No, lo siento, no puedes echarte atrás.

Nadia se cruzó de brazos, mirándolo de una forma que seguramente hacía temblar a los que trabajaban para ella.

–¿Como tú no te echaste atrás de los votos matrimoniales?

Un golpe directo. Nadia había desarrollado garras en esos once años. Qué interesante, pensó. Aquélla era la mujer que había puesto tantos obstáculos a Andvari, desde luego. Tenía una nueva madurez que lo intrigaba mucho más que la chica de dieciocho años que había sido.

–Los dos sabemos por qué terminó nuestro matrimonio: por culpa de tu padre. Pero admítelo, seguramente tenía razón. Tú no hubieras podido soportar a un marido inválido.

–Eso no lo sabremos nunca porque tú no me diste una oportunidad.

–¿No te habría importado que no hubiera sexo entre nosotros? Creo recordar que te gustaba mucho esa parte de la relación.

Había sido insaciable. Los dos lo eran. De hecho, se le había pasado por la cabeza alguna vez que eso era lo que ella quería de la relación; eso y restregarle a su padre por la que cara que estaba con alguien que él no aprobaba.

Pero entonces se quedó embarazada.

–¿No podías mantener relaciones sexuales?

–Durante los primeros meses no podía hacer absolutamente nada. Pero eso no era una prioridad entonces, lo importante era volver a caminar.

–Supongo que debiste pasar mucho miedo.

Desde luego. Aquel año interminable lo había asustado de muerte. Cuando le dijeron que no volvería a caminar sus hermanas tenían trece y dieciséis años y su madre debía trabajar en dos sitios para sacarlas adelante, de modo que se veía a sí mismo como una carga. La única manera de solucionar el problema había sido aceptar el dinero de Kincaid.

Pero no estaba interesado en psicoanalizar la situación.

—La cena está esperando en el horno. Entra, cenaremos antes de la clase.

—Ya te he dicho que no habrá clase esta noche –insistió ella–. Mitch se casa a las ocho de la tarde y ya que yo no puedo estar allí voy a ver la ceremonia a través de una cámara web. Voy a estar delante del ordenador toda la noche.

—¿Por qué no puedes estar allí?

—Porque no puedo –suspiró Nadia–. Es demasiado complicado de explicar. Y aunque no lo fuera, no es asunto tuyo.

Otra pieza del rompecabezas del testamento de Kincaid, como lo de tener que llegar a casa antes de medianoche.

—Venga, entra. Podrás volver a tu casa antes de que empiece la ceremonia, te lo prometo.

Suspirando, Nadia asintió con la cabeza antes de entrar en el apartamento. Lucas había puesto la mesa en el comedor y Nadia arrugó el ceño al ver dos velas flanqueando un cuenco con gardenias flotantes.

—¿Qué esperas de mí, Lucas? Ya te he dicho que no estoy interesada en retomar este matrimonio.

—Y yo no estoy dispuesto a decirte adiós sin intentarlo siquiera. Lo que había entre nosotros era muy bueno, Nadia.

Aunque ya no tenía expectativas de amor y felicidad eternos.

Ella negó con la cabeza.

—Yo ya no soy esa chica. Ya no podría volver a serlo.

—Y tampoco yo soy el que era, pero seguimos casados –dijo él, sirviendo una langosta con guarnición de patatas nuevas y zanahorias caramelizadas en cada plato antes de llevarlos a la mesa–. ¿La langosta sigue siendo tu plato favorito?

–Sí –Nadia no se movió de donde estaba–. ¿Lo has hecho tú?

–No, esta vez no. Cuidado con el plato, está caliente. ¿Sigues siendo adicta al chocolate?

–Sí, también.

–Entonces quédate para tomar el pastel de chocolate con frambuesa que he comprado. Si no nos da tiempo, lo tomaremos delante de la pantalla de tu ordenador, no te preocupes. A lo mejor puedo colocar la cámara web en el televisor, así recibirás una imagen más clara.

A regañadientes, Nadia se sentó en la silla que él había apartado. Pero cuando Lucas descorchó una botella de champán a su espalda se sobresaltó.

–¿Qué estamos celebrando?

–Haberte encontrado otra vez.

Debería ser sólo una frase, un coqueteo, pero no lo era y la gravedad de su voz no había sido intencionada.

¿A quién quería engañar? Se alegraba de haber vuelto a encontrarla y, sobre todo, descubrir que no era la frívola egoísta que había creído que era durante todos esos años. ¿Estaba mal desearla ahora, cuando ya no era el muerto de hambre que Everett Kincaid decía que era? ¿Cuando había multiplicado varias veces el dinero que le dio por abandonar a su hija?

Ése era un dato que no le revelaría hasta que fuera absolutamente necesario, probablemente cuando volvieran a pedir el divorcio y no tuviese más remedio que hacerlo. Y saber cuánto iba a costarle ese divorcio lo hacía desear haber firmado el acuerdo de separación de bienes que Kincaid había intentado obligarla a firmar. Pero Nadia se había negado y Lucas había apoyado su decisión para que el viejo no se saliera con la suya. Entonces creían que su amor duraría para siempre. Qué ingenuos habían sido.

Se divorciarían. No iba a enamorarse de ella otra vez. El amor no tenía sitio en su vida. Además, no podía decirle lo lejos que había llegado en la vida hasta que hubiera conseguido su objetivo de quedarse con los cruceros Kincaid. Y entonces Nadia no querría saber nada de él.

Lucas sirvió el champán y se sentó frente a ella.

–¿Qué ha sido de tus planes de estudiar diseño en Nueva York?

–Cambié de planes y terminé estudiando Económicas.

Según la información de Terri, Nadia tenía un Master en Economía y dirección financiera, algo que no pegaba nada con su sueño de hacer algo creativo.

Él no sabía nada sobre moda salvo lo que Nadia le había contado tantos años atrás, pero había visto sus diseños cuando estaban saliendo y le parecía que tenía mucho talento.

–No es lo que tú querías hacer. A ti te gustaba diseñar ropa… tenías montones de cuadernos llenos de dibujos.

–Sí, bueno, me di cuenta de que las posibilidades de convertirme en diseñadora y tener éxito en Nueva York eran muy pocas.

Podría ser, pero Lucas no lo creía. Además, Nadia no lo miraba y parecía nerviosa mientras jugaba con el pan.

–¿Por qué Cruceros Kincaid si no te llevabas bien con tu padre?

–¿Por qué no? Además de ser la empresa familiar, es uno de los mejores sitios para trabajar en el país.

Cierto. Y, debido a la reputación de Cruceros Kincaid, comprarla directamente no sería fácil. Pero él había encontrado un eslabón débil: los millones que Everett había pedido prestados para financiar nuevos barcos. Lucas estaba en el proceso de adquirir ese préstamo, de modo que Cruceros Kincaid pronto estaría en deuda con él.

–¿No te desheredó por casarte conmigo?

–No, supongo que cambio de opinión después de matarte.

Un punto a favor del canalla.

–Tienes que quedarte en Dallas, no puedes buscar un empleo remunerado y debes estar en casa a medianoche. ¿Qué más exige tu padre en ese testamento?

–No quiero hablar de eso, Lucas. Mi padre murió hace dos meses y... no me apetece hablar del tema.

Parecía más enfadada que apenada, lo cual sólo aumentaba su deseo de hacer preguntas. Pero tendría que esperar su momento. Si insistía, tal vez Nadia se negaría a hablar del tema en absoluto.

Si había aprendido algo desde el accidente era que su madre tenía razón: la paciencia era una virtud.

Esperar el momento adecuado para dar el golpe de gracia a menudo marcaba la diferencia entre acabar siendo el perdedor o conseguir exactamente lo que querías.

***

Nadia descubrió que tener a un hombre toqueteando los cables de su televisor era una experiencia extrañamente íntima. Tal vez porque no podía apartar la mirada de su estupendo trasero.

–Yo creo que ya está –dijo Lucas, incorporándose–. Ahora podremos ver la ceremonia en esta pantalla.

–Gracias, pero no tienes que quedarte. Ya sé que no te hacen gracia las bodas.

–Me quedaré, por si acaso tienes algún problema con la conexión.

Aunque agradecía su ayuda, Nadia prefería estar sola. Las próximas horas no iban a ser fáciles para ella; las bodas nunca lo eran. Pero sólo había conectado la cámara web en una ocasión y después de que Mitch le enviase un ejército de expertos. Había prestado atención al proceso, pero la informática y la electrónica no eran lo suyo.

–¿Y tú cómo sabes tanto de electrónica?

–Muchas de las reuniones de mi empresa se hacen por videoconferencia.

–¿Por qué no acudes en persona?

–Como tú, no siempre puedo estar allí –contestó él, activando el mando de la televisión. En unos segundos, en la pantalla apareció la imagen de una iglesia.

En ese momento sonó el móvil de Nadia y, al mirar la pantalla, comprobó que era su hermano.

–Hola, Rand. ¿Cómo estás?

Rand hablaba directamente a la cámara. Su voz salía por el teléfono y luego, después de unos segundos, a través de los altavoces del televisor.

–Quiero que saludes a una persona –su hermano

le quitó la cámara a la persona que estaba manejándola y le dio la vuelta, dejando a Nadia un poco mareada hasta que vio el rostro sonriente de Tara Anthony, que no sólo había sido la ayudante personal de su padre sino su mejor amiga cinco años antes. La historia de amor entre Rand y Tara había sido otra de las consecuencias del extraño testamento de Everett Kincaid, que los había obligado a trabajar juntos durante los últimos meses. Por eso había pensado que su padre quería reunirla con Lucas.

Un error seguramente.

Tara se puso el teléfono de Rand en la oreja mientras movía la mano derecha, mostrándole un anillo de compromiso.

–Hola, Nadia. Ojalá estuvieras aquí.

–Sí, desde luego.

–Yo haré lo que pueda para que estés tan cerca como sea posible.

–Gracias –suspiró Nadia. Le habría gustado tanto estar al lado de su hermano en un día tan importante para él–. ¿Por qué no ha contratado Mitch a un profesional?

–Tus hermanos decidieron no arriesgarse a que los medios de comunicación se enteraren de la boda porque luego ya sabes lo que pasa. Y como yo tengo experiencia manejando cámaras, me presenté voluntaria… oye, tengo que colgar, está llegando la novia. No te apartes de la pantalla.

–Adiós, Tara.

La cámara giró hacia la puerta de la iglesia mientras empezaban a sonar las notas de un órgano y un niño de pelo oscuro apareció corriendo por el pasillo.

Rhett, su hermano pequeño.

Le daba tanta pena no estar allí, no poder compartir aquel momento con su familia. Además, los niños siempre la afectaban especialmente. Pero aquel... aquel niño encantador podría haber sido el suyo...

Tara enfocó entonces a Rand, al lado de Mitch frente al altar. Los dos parecían contentos y relajados, tan diferentes a lo serios que estaban en su boda. Sí, habían ido para apoyarla, pero no les hacía ninguna ilusión.

La cámara giró entonces hacia el pasillo, por el que avanzaba la novia, una morena de sonrisa deslumbrante. Carly, la tía de Rhett y pronto su cuñada. Nadia reconoció las sencillas líneas de un vestido de Vera Wang de seda color marfil. En lugar de un velo, llevaba una coronita de flores entrelazada con perlas, el rostro radiante de amor. Y cuando la cámara se volvió hacia Mitch, la emoción en el rostro de su hermano hizo que a Nadia se le escapara un sollozo.

Se alegraba mucho por él. Pero aquello era algo que ella no tendría nunca.

Amor.

Otra boda.

Hijos.

Una lágrima empezó a rodar por su rostro y, parpadeando furiosamente, Nadia la secó con el dorso de la mano, esperando que Lucas no se hubiera dado cuenta.

Una vez ellos habían sido esa pareja feliz. Tan felices que no veían a nadie más que el uno al otro. Cuando lo miraba ahora podía ver algo del chico del que se había enamorado y lo único que podía pensar era: «¿cómo pude equivocarme tanto con él?».

Lucas había tirado su amor a cambio de dinero. Sí,

su padre había contribuido a la muerte de sus sentimientos, pero si Lucas la hubiera querido de verdad habría rechazado el dinero. Habría creído en ella y en sus promesas de amor eterno. Pero no había sido así.

Si no hubieran tenido ese accidente quizá ahora seguirían juntos. O al menos tendría a su hijo para consolarla.

Nadia sacudió la cabeza para no seguir pensando y se concentró en la pantalla. Tara estaba enfocando a los novios mientras hacían sus votos e intercambiaban los anillos...

Nadia apretó los labios con fuerza, tocando el dedo en el que había llevado la alianza. Durante años se había negado a quitársela, a pesar de la insistencia de su padre. El día que decidió que nunca volvería a amar a nadie, que nunca volvería a casarse, fue el día que se quitó la alianza con su nombre y el de Lucas grabado en el interior para guardarla en el fondo de su joyero.

Y allí era donde se quedaría. Para siempre.

Nunca lo tendría todo. Nunca lo intentaría siquiera. Porque no quería arriesgarse a acabar como su madre. Lo único que tendría sería su carrera, su trabajo como voluntaria y aventuras superficiales con hombres a los que no podía amar.

«Hombres a los que no podía amar».

Esa frase se repetía en su cabeza una y otra vez. Hombres como Lucas, más interesados en su dinero que en su corazón.

Nadia miró al hombre que estaba sentado a su lado. Su marido. El hombre que egoístamente se había llevado todo lo que era importante para ella: la posibilidad de ser feliz, su amor, la confianza en su capacidad de juzgar a los demás.

¿Se atrevería a tomar de él lo que deseaba? ¿Podría usarlo para disfrutar y marcharse tranquilamente después de su año en el exilio?

«Marcharse, exactamente lo que él había hecho».

No, no podía hacer eso, pensó. Pero era tan tentador.

Capítulo Siete

—¿Lista para el pastel de chocolate y el resto del champán?

La voz de Lucas envió un escalofrío por su espalda. Él había vuelto a su apartamento cuando terminó la ceremonia, pero Nadia no apartaba los ojos del televisor mientras Tara, que actuaba como una reportera, paseaba entre los invitados presentándole a Carly, la flamante esposa de su hermano, a sus padres, a Rhett...

Intentando contener la emoción, Nadia apagó el televisor y se levantó para mirar a Lucas, que llevaba una bandeja en la mano.

¿Se atrevería a hacer lo que había pensado?

«¿Qué puedes perder?», se preguntó. «Ya lo has perdido todo».

—No quiero ni pastel ni champán.

Él dejó la bandeja sobre la mesita y se quedó mirándola durante unos segundos, en silencio.

—¿Qué es lo que quieres, Nadia?

Y por su tono, más ronco de lo normal, supo que ya lo sabía.

Nadia respiró profundamente, como para darse valor.

—A ti.

—¿Por qué?

No había esperado que se lo pusiera difícil. Nunca lo había hecho en el pasado.

–Porque tus besos y tus caricias me excitan –respondió, poniendo una mano sobre su pecho.

Y hacer el amor con él podría llenar el vacío...

Temporalmente. Eso era lo único que podía esperar.

Notaba los latidos de su corazón bajo la palma de la mano y su mirada la mantenía cautiva, pero los segundos pasaban y no ocurría nada. No se le había ocurrido pensar que él pudiera rechazarla, pero...

–Quiero hacer el amor contigo, Lucas. Como antes.

Él pasó una mano por su cintura; un ligero empujoncito y la tuvo contra su pecho. Era duro, sólido. Podía sentir la tensión de sus músculos, la rigidez de sus hombros. Pero seguía esperando... ¿qué esperaba?

Ella quería pasión, deseo sin control. No quería tiempo para pensar, para darse la vuelta, para preguntarse si aquello era un error.

Poniéndose de puntillas, rodeó su cintura con los brazos mientras lo besaba en el cuello... once años antes, un chupetón siempre había hecho que prácticamente se pusiera de rodillas. Pero esta vez no. El roce de algo duro en su vientre le decía que no era indiferente a sus caricias y, sin embargo, no capitulaba.

Desconcertada, Nadia se dejó caer en el sofá.

–Somos demasiado mayores para meternos mano en el sofá –suspiró Lucas–. ¿Dónde está tu dormitorio?

–A la izquierda. Pero no tengo preservativos. No esperaba...

–En mi casa, vamos –Lucas tomó la bandeja y salió del apartamento.

Salió del apartamento.

El Lucas que ella conocía le habría hecho el amor en cualquier parte, de cualquier manera. Y sólo haría falta que ella moviese un dedo.

Aparentemente, aquel Lucas más maduro veía las cosas de otra manera. Y que no se lo pusiera fácil la irritó, pero también la excitó un poco. Y sí, se ganó su respeto.

Nadia lo siguió, nerviosa. O quizá emocionada. Hacía tanto tiempo que no sentía algo remotamente parecido al deseo que no estaba segura.

Mientras iba por el pasillo desabrochó su camisa y la tiró sobre un aparador. Luego se quitó las sandalias y tiró del pantalón, dejándolo caer al suelo.

Esperaba que el conjunto negro de encaje le gustase tanto que perdiera el control...

Y que no le importase la cicatriz. La cicatriz que le decía al mundo que era imperfecta, incompleta.

Lucas entró en una habitación y ella lo siguió, pero se detuvo en el umbral. Su dormitorio. Con un cabecero de piel en color coñac y un edredón de seda en tonos crema. Frente a una de las ventanas había colocado varias plantas que le daban el aspecto de un invernadero. Y, al otro lado, Nadia vio la terraza, una esquina de la piscina y el cielo nocturno de Dallas.

Lucas dejó la bandeja sobre una mesita y se volvió para mirarla, sus ojos deteniéndose en la cicatriz. Nadia sintió el deseo de taparse, pero permaneció inmóvil. Esa cicatriz definía quién era once años después. Si a él no le gustaba, era su problema.

Sin decir una palabra, Lucas empezó a quitarse la camisa, botón a botón. Y Nadia contuvo el aliento. Siempre había tenido un cuerpo precioso, pero ahora parecía más fuerte, los hombros más anchos, el torso más trabajado. El tintineo de la hebilla del cinturón y el roce del cuero atravesando las presillas del vaquero le pareció ensordecedor, como el ruido de la cremallera. Cuando los pantalones cayeron al suelo, él los apartó con el pie, quedando frente a ella en calzoncillos. Y lo que se marcaba debajo decía mucho más que las palabras. Aunque no dijera que la deseaba, su cuerpo se lo decía con toda claridad.

En lugar del chico que había sido, Lucas Stone estaba frente a ella, ahora un hombre de la cabeza a los pies.

¿Pero a qué estaba esperando? Nerviosa, Nadia alargó una mano para quitarse el sujetador
—No.

La orden, pronunciada en voz baja, hizo que se detuviera. Intrigada por ese nuevo Lucas, Nadia bajó los brazos. El antiguo ya se hubiera lanzado sobre ella. Cualquier hombre lo haría. Nadia sabía que tenía un cuerpo bonito porque hacía lo posible para mantenerse en forma. Y siempre llevaba ropa interior de encaje.

Lucas se acercó, por fin, pero en lugar de estrecharla ente sus brazos se limitó a apartar el edredón.

Harta de esperar, Nadia deslizó un dedo por su espalda. Antes, eso siempre le había gustado y notó que se le ponía la piel de gallina. Pero entonces tocó una protuberancia bajo su cintura y se detuvo, sorprendida. Le había dicho que había sufrido muchas operaciones, pero no había pensado en ello hasta aquel momento.

Tenía dos cicatrices paralelas a la espina dorsal que se perdían bajo los calzoncillos. Nadia trazó las cicatrices con un dedo, bajando un poco la tela para ver el final sobre la piel más blanca de sus nalgas... y se le encogió el corazón. Los dos habían quedado permanentemente marcados por el accidente. En el caso de Lucas, los médicos le habían devuelto el futuro, la habilidad de caminar y tener una vida normal. En el suyo, se había llevado el futuro con el que había soñado y la capacidad de tener hijos.

Nadia se inclinó para besar las cicatrices y notó que él contenía el aliento antes de darse la vuelta para buscar sus labios. El calor de su cuerpo y la sedosa erección hacían que su corazón latiese de manera alocada.

Se apartaba y volvía, la tentaba y la torturaba. Nadia se arqueó hacia él, deseando que la hiciera suya, que la hiciese olvidar el presente, el pasado. Necesitaba sentirse femenina y deseable.

El roce de su barba era delicioso, pero Nadia estaba a punto de ponerse a llorar de frustración, de golpear sus hombros y gritar: «más, quiero más».

Tuvo que contentarse con acariciarlo, con tocar de arriba abajo a aquel nuevo Lucas, notando cómo se contraían sus abdominales cuando pasaba la mano por encima del calzoncillo. Le encantaba la textura de su piel, suave y caliente.

Él metió la mano bajo la cinturilla de las braguitas y agarró su trasero, levantándola un poco para apretarla contra él. Nadia perdió el equilibrio literal y figuradamente y tuvo que agarrarse a sus hombros.

Cuando se besaron pensó que sabía igual que antes, pero todo lo demás había cambiado. Su manera de besarla, de acariciarla, el ansia que había en sus ojos. Y también ella había cambiado. Siempre lo había deseado, pero no de aquella manera. Aquél era un deseo que bordeaba el dolor.

Esa idea la preocupó, pero decidió apartarla de su mente. No se había acostado con nadie en mucho tiempo. ¿Un año... dos? Ni siquiera recordaba el nombre de su último amante porque entonces estaba demasiado ocupada peleándose contra Andvari.

Llevaba mucho tiempo sin hacerlo, ése era el problema. Nada más.

Enredando una pierna en su cintura, buscó sus labios y lo besó una y otra vez, arqueando la espalda, apretando su centro contra su miembro. Pero las braguitas eran un estorbo. Quería estar desnuda, piel con piel, y tenerlo enterrado dentro de ella. Impaciente, se apretó uno poco más.

Como si hubiera entendido el mensaje, Lucas desabrochó el sujetador, empujándola suavemente sobre la cama. Apoyándose en un codo, usó la otra mano para quitarle la prenda y se quedó mirándola. El ansia que había en sus ojos hizo que los pezones de Nadia se endurecieran... algo que Lucas aprovechó para pellizcarlos suavemente, inclinando luego la cabeza para tomar uno de ellos entre los labios.

El roce húmedo de su lengua combinado con esas sabias caricias hizo que arquease la espalda. Y cuando él tiró con los labios y los dientes, un gemido de deseo escapó de su garganta. Los labios de Lucas le robaban el aliento, la cordura...

No recordaba la última vez que las caricias de un hombre le habían gustado tanto. Nadia enredó los dedos en su pelo, suplicándole más en silencio. Y Lucas empezó a deslizarse hacia abajo, dándole besos suaves como alas de mariposa en el estómago, en el vientre... el ansia se convirtió en angustia cuando se dio cuenta de adónde iba. Intentó apartarse, pero él la sujetó.

–No...

–Todos tenemos cicatrices. Algunas se ven, otras no –murmuró él, deslizando la lengua por la cicatriz que iba desde el ombligo al triangulo de rizos entre sus piernas.

Eso debería haberla incomodado porque odiaba la cicatriz, odiaba lo que representaba. Nunca había dejado que nadie la tocase, pero no podía encontrar fuerzas para apartarlo. Y cuando apoyó la boca sobre la braguita y su aliento atravesó el encaje, exactamente donde necesitaba ser tocada, Nadia dejó de luchar.

Lo único que podía hacer era acariciar su pelo, agarrarse al embozo de las sábanas y levantar las caderas para acercarse más a su boca. El roce era tan excitante y él lo hacía tan bien que Nadia estaba a punto de dejarse ir...

–Lucas, por favor.

Él besó su cadera y luego se apartó un poco para abrir un cajón de la mesilla. Mientras se ponía el preservativo, Nadia se quitó las braguitas pero, en lugar de colocarse sobre ella, Lucas empezó a trazar sus curvas con un dedo, haciendo círculos sobre un pezón, besando su cintura, su ombligo y el triángulo de rizos entre sus muslos. Desesperada, intentó ponerse encima, pero Lucas la empujó suavemente sobre el colchón, con un brillo de advertencia en los ojos.

Nadia sintió un escalofrío. No estaba acostumbrada a aquel hombre que no se dejaba llevar.

Sin dejar de mirarla, Lucas se inclinó para besar el interior de sus muslos, rozándola con su miembro, cada vez más cerca. El roce de su incipiente barba la excitaba de una manera increíble y él parecía saberlo. Lo sabía porque la observaba y notaba cada gemido, cada suspiro, cada vez que tenía que morderse los labios para no gritar.

Como si hubieran estado juntos el día anterior y no once años antes, encontraba sus zonas erógenas con absoluta precisión, tocando con la lengua los sitios que a ella le gustaban hasta que el orgasmo llegó a una velocidad de vértigo. Nadia cerró los ojos, murmurando su nombre mientras sus músculos se contraían...

Cuando por fin su corazón volvió a latir a un ritmo más o menos normal, Lucas se colocó sobre ella con los ojos oscurecidos, tomando su boca en un beso tan carnal, tan ardiente, tan húmedo que Nadia sólo pudo echarle los brazos al cuello. Sus lenguas se encontraban, los besos alternando entre breves roces y encuentros furiosos. No se cansaba de él, de aquella nueva versión de él.

La acariciaba con los dedos, abriéndola, preparándola... hasta que sintió el roce de su miembro. Nadia contuvo el aliento, pero Lucas no parecía tener prisa... hasta que, por fin, la llenó. Cada embestida, lenta, meditada, la llenaba de impaciencia.

Levantó las caderas para recibirlo y cuando él se apartó para respirar, vio que sus ojos se habían oscurecido por completo. Nadia se incorporó un poco para besarlo en el cuello, su aroma llenando sus sentidos mientras acariciaba sus nalgas, su espalda, su torso.

Disfrutaba de esa falta total de inhibición, de control. Y Lucas seguía sin decir una palabra. El Lucas del pasado hablaba mucho mientras hacían el amor; le decía cuánto le gustaba, lo bien que olía, lo que sentía por ella, cuánto la quería. Especialmente esto último. Y ella anhelaba tanto escuchar esas palabras. Sin embargo, a pesar del silencio, sus ojos lo decían todo.

Por primera vez en mucho tiempo se sentía viva, deseada y femenina. Y poco después, el orgasmo llegó, robándole el aliento, consumiéndola por completo. Agotada, se quedó inmóvil, tan débil que apenas podía sujetarse a sus hombros.

Lucas siguió empujando más deprisa hasta que, dejando escapar un gemido ronco, se estremeció sobre ella. Un segundo después caía suavemente sobre su pecho, pero se apartó enseguida, llevándola con él.

Hacer el amor con Lucas no se parecía nada al sexo absurdo y vacío que había buscado en el pasado con la intención de olvidar. No, hacer el amor con él era maravilloso.

¿Pero habría sido un error?

¿Se atrevería a darle una nueva oportunidad para que volviese a poner su mundo patas arriba?

Capítulo Ocho

«Demasiado bueno».

«¿Tú estás loco? ¿Cómo puede alguien quejarse de que acostarse con una mujer haya sido demasiado bueno?».

Lucas se apartó un poco porque necesitaba poner distancia física y mental entre Nadia y él. Tenía un plan y debía seguirlo al pie de la letra. No podía dejar que acostarse con Nadia lo cambiase todo.

De modo que entró en el baño para echarse agua fría en la cara. Había tenido lo que quería: a su mujer en la cama, con él. Confiando en él, abierta para él. Si hubiera insistido, Nadia habría contestado a todas sus preguntas, permitiéndole conocer las debilidades de Cruceros Kincaid para planear la mejor ruta de ataque.

Pero perderse en el aroma de Nadia, en la suavidad de su piel, en el calor de su cuerpo había sido demasiado excitante.

«Sigue pensando en el juego y déjate de tonterías».

Lucas se puso el albornoz y volvió al dormitorio. Nadia, que se había puesto su camisa, estaba sentada en la cama, apoyada en el cabecero.

–¿Lista para el postre? El sexo siempre te abría el apetito –sonrió, sirviendo dos copas de champán.

Ella apartó la mirada. ¿Se había puesto colorada? No, imposible. Nadia siempre había sido atrevida, segura de lo que quería y a lo que tenía derecho. Que ella hubiera dado el primer paso le había parecido irresistible.

Pero también lo era aquel lado tímido, nuevo en ella.

–Supongo que hay cosas que no cambian nunca –no lo miraba mientras tomaba el tenedor para probar el pastel–. ¿Por qué aceptaste el dinero, Lucas?

Él estuvo a punto de atragantarse con el champán. Pero daba igual. ¿Qué iba a perder con decírselo?

–Me daba miedo ser una carga para mi familia. Iba a tener que estar muchos meses en el hospital haciendo rehabilitación… y no podía pagarlo porque perdí el seguro médico cuando tu padre me despidió. Pero era la única forma de volver a caminar… de intentarlo al menos. El dinero de tu padre garantizaba poder pagar los gastos médicos y, sobre todo, que mis hermanas y mi madre tuvieran una casa en la que vivir.

Nadia asintió con la cabeza.

–Debería haber imaginado que no estabas pensando sólo en ti mismo. Tú siempre has puesto a tu familia por encima de todo lo demás. «Tus chicas», las llamabas.

–Tus hermanos habrían hecho lo mismo por ti.

–Sí, claro. Por eso no puedo defraudarlos esta vez.

–¿Qué pasó, Nadia?

–¿A qué te refieres?

–Después del accidente.

Ella se encogió de hombros.

–Perdí a nuestro hijo… y la posibilidad de tener otros. Tuvieron que quitarme el útero para detener la hemorragia.

«Su hijo». Lucas sintió como si una garra apretase su pecho. Pero era demasiado tarde para pensar en eso y él nunca desperdiciaba energías en cosas que no podía solucionar.

–Siento mucho que perdiéramos a nuestro hijo. ¿Es por eso por lo que no has vuelto a casarte?

–¿Para qué iba a hacerlo? No podía formar una familia…

–Pero podrías haber encontrado a un hombre que te quisiera.

Nadia negó con la cabeza.

–Después del accidente descubrí que mi madre era una mujer mentalmente inestable. Se suicidó, Lucas. Sufría un trastorno bipolar… supuestamente es algo hereditario y aunque los psicólogos que mi padre contrató juran que yo no tengo ese gen defectuoso, no pueden estar seguros al cien por cien. Así que no me casaré nunca ni adoptaré niños. No dejaré que nadie dependa de mí. Es un riesgo que no quiero correr.

Las historias sobre la vida nocturna de Nadia que había leído en las revistas cobraban sentido ahora. Vivía como si no tuviera nada que perder.

Le habría gustado volver a hacerle el amor, saturarse de ella, pero el deber lo llamaba. Tenía que irse en treinta y seis horas. A menos que…

–Ven a Singapur conmigo.

–¿Qué?

–Tengo que estar en Singapur el lunes por la mañana. Ven conmigo.

–No puedo.

–Puedes seguir con el proyecto de la biblioteca por Internet.

—No puedo irme de Dallas. Es una de las condiciones del testamento de mi padre, tengo que estar aquí durante un año.

—¿Y si no lo haces?

—Ya te lo he dicho, perderemos la herencia. Mi padre dejó una tarea determinada para cada uno de nosotros en su testamento y a mí me tocó esto... a saber por qué. Si alguno de los tres no cumple las condiciones, todas las posesiones de mi padre serán vendidas a su peor enemigo por un dólar.

—¿Su enemigo?

—¿Qué clase de padre le haría eso a sus propios hijos? —suspiró ella, sin contestar a su pregunta.

«Un padre como el mío», pensó Lucas, pero no lo dijo. Nunca le había hablado a Nadia sobre ese canalla.

—Es ridículo —siguió Nadia, tomando otro trozo de pastel—. Me ha dejado sin trabajo, lo único que se me da bien, y me ha obligado a dejar a mis amigos y a mis hermanos para estar aquí sola durante un año. Además, me asignó una pensión mensual de dos mil dólares y no me permite tener servicio...

—¿Quién es su enemigo, Nadia?

Ella parpadeó un par de veces y luego sacudió la cabeza.

—No quiero seguir hablando de mi padre. Vamos a hacer el amor otra vez, Lucas. Sólo tú me ayudas a olvidar este desastre.

Él se llevó su mano a los labios. ¿Qué tenía aquella mujer que lo afectaba como ninguna otra?

—Si no puedes venir conmigo, entonces dame hasta el domingo por la noche...

—Pero la biblioteca...

—¿Qué piensas hacer para recaudar fondos?

—Organizar una subasta. Pero necesito material de promoción y ponerme en contacto con posibles patrocinadores.

—Yo puedo darte lo que necesitas. Si pasas el sábado y el domingo conmigo, te daré una lista de empresas que podrían aportar dinero.

Nadia inclinó a un lado la cabeza.

—¿Seguro que puedes darme lo que necesito? –le preguntó, sonriendo.

—Yo puedo darte todo lo que necesitas –rió él, besándola en el cuello... y apartándose luego de la tentación.

—Seguro que Rand y Mitch podrían donar un crucero... bueno, eso si el negocio sigue siendo nuestro para cuando el ganador se lleve su premio.

Eso enfrió el deseo de Lucas y lo devolvió al tema que lo intrigaba.

—Imagino que tu padre tendría numerosos enemigos, pero... ¿a quién pretende dejarle todas sus posesiones?

Nadia suspiró mientras se inclinaba para dejar la copa sobre la mesilla.

—A la línea de cruceros Mardi Grass.

Lucas se alegró de que Nadia estuviera de espaldas porque debía haberse puesto pálido. ¿Everett Kincaid quería dejarle su empresa a Mardi Grass? El padre de Nadia debía haber estado vigilándolo durante todos esos años. ¿Pero cómo? ¿Y por qué?

Lucas creía en conocer a sus enemigos lo mejor posible. ¿Practicaría Kincaid la misma filosofía?

—¿Por qué Mardi Grass precisamente?

—No lo sé. Mi padre odiaba al director de esa empresa. Mardi Grass se metía en nuestro terreno bajando los precios sin avisar y con todo tipo de competencia desleal. La verdad, nadie entiende por qué querría que el negocio se lo quedaran ellos, es incomprensible.

Lucas sabía muy bien que el director de Mardi Grass era un canalla agresivo capaz de todo. Por eso lo había contratado. El hombre estaba tan decidido a cargarse a la competencia como él, pero tenía un gran ansia de poder y, por eso, nunca dejaría entrever que muchas de sus decisiones eran órdenes directas de su jefe, a quien nadie conocía.

De modo que Cruceros Kincaid podía ser suyo...

Lo único que tenía que hacer era conseguir que Nadia se fuera de Dallas.

¿Pero obtendría la misma satisfacción ganando con un engaño que logrando la empresa Kincaid por méritos propios?

¿Y sería una venganza si el mismo hombre que le había enseñado el significado de la palabra derrota se lo pusiera en bandeja?

—Nadia, despierta —repetía una voz ronca una y otra vez. La voz de Lucas.

Nadia sonrió. No pensaba hacer caso de la voz que intentaba despertarla del mejor sueño que había tenido en años. Soñaba que Lucas estaba abrazándola, haciéndole el amor. Había echado de menos ese sueño...

—Vete.

—Es casi medianoche.

—Me da igual —murmuró ella. Sabía por experiencia que, cuando abriese los ojos, Lucas no estaría allí. Por mucho que esa voz sonase como la de su marido.

La almohada que había bajo su cabeza se movió. ¿La almohada se había movido?

Nadia intentó apartar la niebla de su cerebro, pero cuando abrió los ojos todo estaba oscuro a su alrededor. Sus dedos encontraron una piel suave en lugar de la sábanas de algodón egipcio y más abajo...

Oh, no. ¿Con quién se había acostado ahora? ¿Con otro tonto que le recordase un poco a su marido?

Pero hacía tiempo que no buscaba hombres que se pareciesen a su difunto marido.

Y Lucas no estaba muerto.

Asustada, se incorporó de un salto. La lamparita de la mesilla se encendió y Nadia cerró los ojos un momento... después de haber visto a su marido desnudo al lado de la cama, poniéndose los pantalones.

–Levántate. Tienes que ir a tu ático, es casi medianoche.

A su ático.

Nerviosa, Nadia saltó de la cama.

–Mi ropa... no sé dónde la he dejado.

–Hay cámaras de seguridad en el rellano, ponte esto –dijo él, ofreciéndole un albornoz.

Nadia miró el despertador que había sobre la mesilla mientras se ataba el cinturón. Faltaban dos minutos para la medianoche...

–Gracias por despertarme.

La expresión de Lucas le resultó un poco extraña, pero no tenía tiempo para descifrarla.

–Venga, vamos –dijo él, tomándola del brazo para llevarla a la puerta, casi como si estuviera enfadado.

Afortunadamente, Nadia abrió la puerta de su ático justo cuando el reloj de pared daba la medianoche.

–Menos mal –suspiró–. ¿Quieres entrar?

Esperaba que lo hiciera. Hacer el amor con Lucas había sido mejor de lo que recordaba. No estaba segura de si algún día se arrepentiría, pero no podía evitarlo.

Sin embargo, Lucas no parecía en absoluto interesado en un tercer asalto. Parecía tenso, incluso enfadado.

¿Pero por qué iba a estar enfadado?

–¿Qué te pasa?

–Buenas noches, Nadia.

Ella lo tomó del brazo cuando se daba la vuelta.

–El testamento dice que no puedo organizar fiestas en el ático, pero no dice que no pueda recibir visitas.

–Es mejor que duermas. Mañana por la mañana daremos otra clase y luego iremos a ver algunos de los jardines de por aquí.

–Pero…

Lucas la tomó por la cintura y la atrajo hacia él para darle un beso en los labios.

–Nos vemos por la mañana.

Luego se dio la vuelta, volvió a entrar en su apartamento y cerró la puerta.

Nadia se apoyó en la pared. Nunca le había pasado algo así.

Los hombres no le daban la espalda. ¿Era aquello sólo un preludio de lo que podía esperar de Lucas Stone en el futuro? Porque no le gustaba nada cómo la hacía sentir. Y era una píldora amarga porque ella había hecho lo mismo más veces de las que quería recordar con objeto de olvidar a su marido.

Había utilizado a los hombres para dejarlos luego sin pensarlo dos veces. Y, de repente, no le gustaba la persona en la que se había convertido. Utilizar a la gente era una mala costumbre que tendría que dejar atrás.

***

−Cierra los ojos.

Nadia levantó la mirada del macizo de lirios.

−¿Por qué?

−Hazlo.

Nunca antes había sido tan mandón. En el pasado le habría dicho exactamente lo que podía hacer con ese «tonito», pero lidiar con su padre durante tantos años le había enseñado a ser algo más paciente.

Lucas se colocó las gafas de sol sobre la cabeza, dejando al descubierto esos ojos azules de los que se había enamorado once años antes. Unos ojos en los que estaba en peligro de ahogarse ahora.

−Dices que has aprendido a cocinar. Pues vamos a ver si eras capaz de distinguir los ingredientes.

−¿Qué ingredientes?

Lucas sacó un pañuelo blanco del bolsillo del pantalón y empezó a doblarlo.

−Espera un poco.

−¿Estas haciendo una venda para los ojos?

−Exactamente.

Nunca habían sido particularmente perversos y Nadia no esperaba empezar una tarde de julio en los Jardines del Descubrimiento de Texas, con niños alrededor. Por otro lado, si la llevaba de vuelta al ático, estaría más que dispuesta a jugar a lo que fuera.

Hacer el amor con Lucas la noche anterior había hecho que se sintiera completa por primera vez en mucho tiempo. Y quería más, aunque sabía que eso significaba arriesgarse a sufrir.

−El jardín botánico que hay detrás de ti se creó

originalmente para los ciegos –Nadia iba a darse la vuelta, pero él se lo impidió–. No hagas trampas.

Once años antes, Lucas Stone le había mostrado una parte de la vida que ella desconocía. Y le encantaba, de modo que decidió dejarlo hacer. Estaban en un sitio público... ¿qué podía pasar?

–Bueno, pero sin la venda.

–¿No confías en mí?

La pregunta del millón. ¿Podría volver a confiar en Lucas algún día? No tenía la respuesta. Aún. Sí, entendía sus razones para haber aceptado el dinero, pero la había dejado sola, creyéndolo muerto. Lucas no podía saber lo cerca que había estado de...

Nadia decidió dejar de pensar en ello. Ya no era esa mujer herida. Había recorrido un largo camino.

–Muy bien, de acuerdo.

Lucas se colocó tras ella para ponerle el pañuelo sobre los ojos y, de repente, al perder el sentido de la vista, el resto de sus sentidos parecían más despiertos. Podía sentir el calor que irradiaba su cuerpo, respirar el aroma de los lirios que tenía delante de ella y al hombre que estaba detrás.

–¿Estás lista? –preguntó él, apretando suavemente su cintura.

–Sí... creo.

–Estupendo –Lucas tomó su mano y tiró de ella durante unos metros–. Dime a qué huele.

Nadia respiró profundamente.

–A romero.

–Muy bien. Pero ése era fácil.

Él volvió a tirar de su mano y, un segundo después, se detuvo, acariciando delicadamente el interior de sus brazos.

—¿Qué hueles ahora?

—Menta... o hierbabuena.

—Muy bien –los labios de Lucas rozaban su cuello mientras decía la frase y Nadia tuvo que contenerse para no dejar escapar un gemido.

Como cuando hicieron el amor en aquella salita de la iglesia después de su boda, la idea de que los pillasen empezaba a excitarla...

Cuando Lucas la empujó hacia delante pudo sentir algo duro rozando su espalda... ah, de modo que también a él estaba afectándole el jueguecito.

Lucas se detuvo de nuevo, pero en lugar de apretar su mano la tomó por la cintura para levantarla un poco, rozando sus pechos con los dedos.

—Alarga la mano hacia la izquierda –le pidió, con voz ronca–. Un poco más a la izquierda.

Justo lo que ella estaba pensando. Los dedos de Lucas estaban a un centímetro de sus pezones y tuvo que hacer un esfuerzo sobrehumano para no darse la vuelta y apretarse contra él.

—Estoy tocando unas hojitas...

—¿A qué te huelen?

A él. Olían a él. Y a la luz del sol, a flores... Nadia buscó en su memoria para identificar el olor.

—A tomillo.

Lucas la apretó un poco más antes de soltarla. Y luego, de repente, Nadia sintió el calor de sus labios... tan suaves como una mariposa posándose en el suelo.

Él le quitó el pañuelo de los ojos.

—Podemos terminar la visita a los jardines o volver al apartamento. Tú decides.

Nadia se quedó sin aliento. Estaba enamorándose

de él otra vez. Hacer el amor con Lucas sería como rendirse a esos sentimientos...

¿Se atrevía a hacerlo?

¿Tenía alguna alternativa?

Cuando él acarició sus labios con un dedo se le encogió el estómago. No. No tenía alternativa. Porque por mucho que quisiera odiar a Lucas Stone por haberla dejado once años antes, seguía estando enamorada de él.

Capítulo Nueve

La limusina negra, brillante bajo la luz de las farolas, tentaba a Nadia más que el chocolate cuando salió de la biblioteca el lunes por la noche. No era fácil romper con las viejas costumbres.

Se había quedado a trabajar hasta muy tarde porque no quería volver al apartamento ahora que Lucas se había ido... pero había esperado demasiado, pensó, mirando su reloj.

Tendría que tomar un taxi. Algo que unos meses antes habría hecho sin pensarlo dos veces ahora, debido a su presupuesto, significaba tener que prescindir de otra cosa, pero no le quedaba más remedio.

«Sí, papá, estoy aprendiendo a identificarme con los clientes de Cruceros Kincaid».

Nadia miró la calle, asquerosamente solitaria. Era lunes por la noche, de modo que no había mucho ajetreo en esa zona de la ciudad.

–¿Señorita Kincaid?

Ella se dio la vuelta.

Un hombre alto de piel oscura con un uniforme de chófer se acercaba a ella y, años de innata precaución, hicieron que Nadia diese un paso atrás. Podía haber elegido vivir una vida normal, sin guardaespaldas, pero seguía siendo la heredera de una fortuna.

«¿Por qué no llevas en el bolso un spray de pimienta como cualquier mujer de veintinueve años?».

–¡Deténgase ahora mismo! –gritó.

El hombre levantó las manos.

–Soy Paulo. El señor Stone me ha pedido que la lleve a casa mientras él está fuera de la ciudad.

Sí, seguro. No pensaba subir al coche de un desconocido... con ventanillas tintadas además, sólo porque mencionase el apellido de Lucas.

–No necesito que me lleve, muchas gracias –Nadia miró hacia la biblioteca. Las puertas estaban cerradas. Mary, la directora, había cerrado cuando ella salió, pero podría gritar o golpearlas con los puños hasta que alguien la oyese. O salir corriendo. Aunque para eso tendría que quitarse las sandalias de Christian Louboutin. Pero perder unas sandalias de mil dólares era un precio pequeño por salvar la vida.

–El señor Stone me dijo que seguramente se negaría a subir al coche y que lo llamase si así era –el hombre sacó un móvil del bolsillo. Y no un móvil normal y corriente sino uno de seiscientos dólares. Lo sabía porque ella tenía el mismo.

Pero cuando se acercó, Nadia dio otro paso atrás.

–No se acerque –le advirtió, sacando el móvil del bolso por si tenía que llamar a la policía.

–Voy a llamar al señor Stone y a pasarle el teléfono –suspiró él, mientras marcaba un número.

–¿La has encontrado? –oyó la voz de Lucas por el altavoz.

–Sí, tengo a la señorita Kincaid frente a mí, pero se niega a subir al coche. A lo mejor usted puede convencerla.

–Nadia, ¿me oyes?

–Sí –dijo ella.

—Paulo está a tu disposición mientras yo esté fuera de Dallas. No quiero que tomes el autobús.

Una parte de ella se alegró de que hubiera pensado en su seguridad. Otra parte, se irritó por ese gesto tan paternalista.

—Iba a tomar un taxi.

—Ahora no tendrás que hacerlo.

Nadia estuvo a punto de discutir. Después de todo, estaba intentando vivir como una persona normal. Apoyarse en Lucas sería como apoyarse en sus hermanos. Pero negarse a ir a casa en coche sería una soberana tontería.

—Me preocuparé menos si vueles a casa en la limusina por las noches —insistió él.

—Podrías haberme avisado, ¿no?

—Paulo, desactiva el altavoz, por favor. Y pásame a la señorita Kincaid.

El hombre hizo lo que le pedía.

—Dime.

—Me tuviste ocupado antes de que me fuera y se me olvidó pedirte el número de tu móvil.

El íntimo comentario hizo que el pulso de Nadia se acelerase. Y más al recordar en qué habían estado ocupados. Habían pasado el sábado por la tarde y la mayor parte del domingo en la cama, explorándose el uno al otro.

—Gracias por pensar en mí, Lucas.

Paulo abrió la puerta de la limusina y el suave asiento de piel pareció envolverla, un buen cambio después de todo un día sentada en una dura silla de oficina.

—Como dejamos tu casa hecha un asco, le he pedido a Ella que pase por allí para adecentarla.

Habían dejado la cama sin hacer y la cocina hecha un desastre. Supuestamente, iban a hacer la cena, pero hacer la cena se había convertido en sexo sobre la mesa, con nata, mermelada de frambuesa y hasta crema de chocolate.

–Ya la he limpiado yo, no hace falta. Pero gracias de todas formas.

–¿Estás segura?

–Sí, estoy segura. Mi padre no creía que yo fuera capaz de aprender a cocinar y limpiar y me gusta demostrarle que estaba equivocado.

–Everett siempre te subestimó.

–Lo sé. Soy mucho más que una cara bonita –bromeó Nadia.

–Desde luego que sí. Piensa en mí cuando te vayas a la cama esta noche.

El tono ronco de su voz envió un cosquilleo por todo su cuerpo.

–Lo haré.

–¿Y qué más vas a hacer mientras piensas en mí?

–Recordar.

–¿Vas a tocarte mientras lo haces?

Nadia se dio un poco la vuelta para que Paulo no pudiese oírlos.

–Eso lo sabré yo y sólo yo.

–Yo también lo sabré –rió Lucas–. Te veré dentro de unos días y cuando llegue quiero detalles de cómo has ocupado tus noches. Buenas noches, Nadia.

La llamada terminó abruptamente y, decepcionada, Nadia miró el teléfono antes de devolvérselo a Paulo.

–Gracias.

–¿Quiere ir a casa o necesita pasar antes por algún sitio?

—A casa, gracias.

«A casa».

Por primera vez, era la verdad. Había tenido una noche asombrosa, seguida de un par de días más asombrosos aún, y estaba deseando meterse en la bañera y saborear cuánto había cambiado su vida. Y quería irse a dormir con la funda de la almohada que no había lavado, la que olía a Lucas.

Qué curioso. Estar exiliada en Dallas ya no le parecía una condena.

Aunque esperaba que la historia no se repitiese. Porque no estaba segura de poder sobrevivir por segunda vez.

El móvil de Nadia empezó a sonar el viernes por la mañana. ¿Sería Lucas?

No, cuando lo sacó del bolsillo, en la pantalla vio que era su hermano Rand.

—Hola, hermanito. ¿La boda de Mitch no os ha dado ideas a Tara y a ti?

—No te preocupes. Cuando elijamos una fecha, tú serás la primera en saberlo —contestó Rand—. Nadia, ¿qué puedes decirme sobre Andvari, S.A.?

—¿Por qué?

—Porque Teckitron, una empresa subsidiaria de Andvari, acaba de adquirir el préstamo que pidió papá para financiar los barcos que había encargado al armador.

Nadia arrugó el ceño, sorprendida.

—¿Por qué pidió un préstamo? Teníamos capital suficiente para comprarlos, ¿no?

—Mitch dice que papá tenía la teoría de ahorrar

dinero descontándose los intereses del préstamo y no había manera de convencerlo. Ya sabes cómo era cuando se le ocurría una idea. Y recuerda que puso mucho dinero en las reformas de los barcos ya existentes... y que alguien ha estado robando millones. Mitch y yo hemos pedido una auditoría para comprobar si ha habido más desfalcos.

–Esperemos que no.

–Necesito todo lo que puedas contarme sobre Andvari. Tengo que saber quién es el propietario de esa compañía. Andvari ha comprado empresas que eran proveedoras nuestras durante los últimos años y ahora resulta que Teckitron adquiere el préstamo que pidió papá... me parecen demasiadas coincidencias.

–¿Qué quieres decir?

–Que alguien quiere cargarse Cruceros Kincaid. Una venganza personal o algo así. Y, conociendo a papá, no me sorprendería nada.

«Papá, ¿qué has hecho ahora?».

–Tengo un archivo sobre Andvari en mi ordenador. No está completo porque me ha sido imposible descubrir el nombre de su propietario, pero le diré a mi ayudante que te lo envíe ahora mismo.

–Muy bien.

–Aunque Teckitron haya adquirido el préstamo y exija el dinero, nosotros podríamos pagarlos, ¿no?

El silencio al otro lado de la línea la asustó.

–Si nos diera tiempo, podríamos encontrar el capital. Pero por culpa de las condiciones del testamento ahora mismo estamos en una situación muy difícil. No podemos liquidar las posesiones de papá hasta que termine el año y, para los acreedores, ése es un serio problema porque cualquiera de nosotros podría violar las condiciones del testamento y entonces el dinero ya no sería nuestro. Nadie va a arriesgar miles de millones con Kincaid en esta situación.

–Y que Dios nos ayude cuando los términos del testamento sean de conocimiento público. La prensa lo va a pasar de cine. Si se publica la noticia de que alguien ha adquirido el préstamo… avisa al departamento de Relaciones Públicas, Rand. Que estén preparados.

–Sí, lo haré –asintió su hermano–. ¿Qué tal estás tú? ¿Y qué tal con Stone?

Nadia se apartó el pelo de la cara y decidió ser sincera con su hermano:

–Estoy enamorada otra vez.

–Nadia…

–Lucas fue una víctima de papá tanto como yo. O como Tara y tú.

–Hay una gran diferencia: Tara se negó a aceptar el dinero que le ofreció.

Sí, era cierto. Su padre le había ofrecido una obscena cantidad de dinero por ser su amante y ella no sólo se había negado sino que había dejado su trabajo como ayudante personal de Everett Kincaid.

Nadia estaría mintiendo si dijera que no le dolía que Lucas no hubiera hecho lo mismo.

–Tenía buenas razones para aceptar el dinero, Rand. Estaba en una silla de ruedas.

–Si te traicionó una vez, puede hacerlo de nuevo.

Ella apretó los labios.

–No creo que lo haga.

–Por tu bien, espero que tengas razón. Pero, pase lo que pase, ya sabes que puedes contar conmigo.

***

Una campanita anunció la entrada de un mensaje en su ordenador una hora después de la turbadora llamada.

Temiendo que fueran más malas noticias, Nadia dejó a un lado la lista de posibles patrocinadores para la subasta de la biblioteca y miró la pantalla.

LDStone: ¿Trabajando?

El pulso de Nadia se aceleró al ver el nombre en el mensaje. Lucas Daniel Stone. Daniel, ése era el nombre que le había puesto a su hijo. Sus ojos se humedecieron y le temblaban las manos mientras las colocaba sobre el teclado.

NEKincaid: Sí, trabajando. ¿Cómo has conseguido mi identificación de Messenger?

LDStone: Tengo mis habilidades. Y me gustaría mostrártelas. Preferiblemente en la cama, desnudos.

Lucas llevaba fuera una semana. Una semana en la que había llamado al menos una vez al día para contarle con detalle lo que estarían haciendo si estuviese en Dallas. Era como tener al antiguo Lucas, pero una versión nueva y mejorada. Sin la irritación de tener que pelearse con su padre, además.

LDStone: Llegaré a casa esta noche. Y esta vez yo llevaré la venda en los ojos.

Nadia tuvo que tirar del cuello de su camiseta de Juicy Couture. Habían usado esa venda el sábado por la noche y sentía que le ardían las mejillas al recordarlo...

NEKincaid: Estoy deseando volver a verte. Pero seguramente llegaré tarde. Tengo una reunión con el comité de dirección de la biblioteca. Están un poco nerviosos por lo del evento benéfico.

LDStone: Te los ganarás a todos. Yo estaré esperándote y cuando estemos solos...

Un carraspeo hizo que Nadia se diera la vuelta, sorprendida. Mary Branch estaba a su lado con una sonrisa en los labios.

NEKincaid: No estoy sola ahora mismo. Tengo que irme.

—¿Estás hablando con el señor Stone?

LDStone: Hasta esta noche.

Nadia cerró la tapa del ordenador a toda prisa.
—Sí.
—Estoy deseando conocerlo personalmente. Que te recomendase fue una bendición para nosotros.
Un dedo helado trazó la espina dorsal de Nadia.
—¿Lucas me recomendó para este trabajo?
—Sí, claro. Y nos salvó la vida, ya que Sue Lynn había presentado su renuncia una hora antes de que él llamase.
Ese dedo helado se convirtió en un puño.

«Estás dejando que la llamada de Rand te asuste. Nadie está dispuesto a vengarse de tu padre o de ti».

Pero la advertencia de Rand se repetía en su cabeza: «si te traicionó una vez, puede hacerlo de nuevo».

Nadia respiró profundamente.

—¿Podríamos reunir al comité de dirección antes de cenar y no después?

Tenía que hablar con Lucas. Sólo así podría tranquilizarse.

Nadia sabía que había dejado al comité boquiabierto con todo lo que había conseguido en tan poco tiempo.

Pero le daba absolutamente igual.

Sí, bueno, le importaba. El éxito o el fracaso de la subasta dependía de sus esfuerzos, pero quería... no, necesitaba, hablar con Lucas.

Nerviosa, golpeaba el suelo con la punta del pie mientras el ascensor la llevaba a la decimoquinta planta.

Lucas le había conseguido aquel trabajo, pero cómo y por qué era un misterio para ella. Y Mary debió darse cuenta de que había dicho algo que no debía porque se negó a decir una palabra más.

Por fin las puertas se abrieron y Nadia se lanzó hacia delante... pero se detuvo cuando estuvo a punto de chocar con Ella, la criada de Lucas.

—Hola, Ella —saludó a la mujer, que en aquellas nueve semanas de exilio se había convertido en su amiga—. ¿Ha vuelto Lucas?

—Sí, está esperándola. ¿Quiere que le diga que está aquí?

–No, no hace falta. ¿Te importaría abrirme la puerta? Quiero darle una sorpresa.

–Han traído la cena del restaurante y la he metido en el horno para que se conserve calentita. Ah, y he guardado el postre en el congelador. Tiene una pinta estupenda –sonrió la mujer–. ¿Quiere que entre a servir el vino?

–No, vete, por favor. Sé que quieres llegar a casa para estar con tus chicos.

–Antes de que destruyan la casa y se coman todo lo que encuentren... a menos que tenga pelo y diga «miau» –rió Ella, mientras abría la puerta–. Si cambia de opinión sobre limpiar su apartamento, dígaselo al señor Stone y yo iré enseguida.

–Gracias, lo haré. Pero estoy decidida a demostrarle a todo el mundo que puedo limpiar y cocinar yo solita.

–Ah, ya entiendo.

No, no podía entenderlo. Porque tampoco ella entendía los juegos de su padre.

–Que lo pases bien.

–Usted también, señorita Kincaid.

Nadia cerró la puerta sin hacer ruido y dejó su bolso al lado del maletín de piel de avestruz, sobre el aparador.

–¿Lucas?

Silencio.

Miró en el salón y luego en la cocina, pero no estaba allí, de modo que se acercó al dormitorio, los tacones de sus sandalias repiqueteando sobre el suelo de madera.

–¿Lucas?

Cuando llegó a la puerta oyó el ruido de la ducha y sonrió. Debería reunirse con él, pero después del día que había tenido prefería relajarse un poco tomando una copa de vino. Incluso podría darle una sorpresa entrando en la ducha con dos copas de vino, pensó.

Claro que si quería sorprenderlo tendría que quitarse esas ruidosas sandalias. Nadia apoyó la mano en el aparador del pasillo y, de repente, una avalancha de cartas cayó al suelo. Y cuando se inclinó para recogerlas...

Andvari.

Las cartas iban dirigidas a D. Stone, Andvari, S.A.

D. Stone. Daniel.

No había buscado Daniel Stone en Internet, sólo Lucas Stone.

Lucas era el propietario de Andvari y si Andvari era propietaria de Teckitron... como para demostrarlo, la única carta que no había caído al suelo era del director de Teckitron.

Quería leerla para ver si contenía información sobre la adquisición de ese préstamo, pero otro sobre que había caído un metro más allá llamó su atención entonces. Y, al tomarlo del suelo, todo su mundo se derrumbó de nuevo. Porque el remitente era Cruceros Mardi Grass.

Mardi Grass, la compañía que podría quedarse con la línea de Cruceros Kincaid.

Todos los enemigos de la empresa familiar atados a un solo hombre: Lucas Daniel Stone.

Tenía la prueba en sus manos. Era lo que Rand había supuesto.

Una venganza personal.

Muy personal, ya que ella era quien más quebraderos de cabeza había sufrido por culpa de las maquinaciones de Andvari.

¿Pero por qué? ¿Por qué haría Lucas algo así?

Su padre había roto su matrimonio, pero le había regalado dos millones de dólares. Dos millones que, aparentemente, Lucas había multiplicado por mil.

Si lo había hecho porque creía que ella lo había traicionado once años antes, ¿por qué seguía intentando cargarse la compañía ahora que sabía la verdad?

¿Por qué querría su marido destruirla?

¿Tanto la odiaba?

Capítulo Diez

La puerta de la ducha se abrió y, sorprendido, Lucas se dio la vuelta.

–¡Nadia! –la había echado tanto de menos. Más de lo que le gustaría admitir–. ¿Vas a meterte en la ducha conmigo?

–¡Serás canalla!

Sólo entonces se dio cuenta de que estaba furiosa. Tan furiosa que le tiró lo que llevaba en las manos. Y Lucas tardó un segundo en identificar lo que era.

Cartas.

Atónito, cerró el grifo de la ducha y se inclinó para tomar un sobre dirigido a Mardi Grass.

Maldita fuera.

Había encontrado el correo que su ayudante dejaba todos los días en el aparador del pasillo; un correo que él no había abierto aún porque quería darse una ducha a toda prisa para estar con ella.

–Nadia...

–No te atrevas a tocarme, cerdo.

–Puedo explicártelo.

–¿Cómo vas a explicar que hayas convertido mi vida en un infierno? Empezaste a hacerlo hace once años y luego has repetido el proceso durante los últimos cuatro. Y ahora tu empresa ha adquirido el préstamo que pidió mi padre. ¿Se te ha ocurrido pensar alguna vez en mí o esto es lo que dice Rand que es, una venganza personal?

¿Rand también lo sabía?

—Eres un sádico, Lucas Daniel Stone. Yo nunca te he hecho nada... ¡y me asquea haberle puesto tu nombre a mi hijo!

Sus palabras lo golpearon como una bofetada, haciendo que le diera vueltas la cabeza. Tanto que tuvo que apoyarse en la pared de la ducha.

Nadia le había puesto su nombre a su hijo y saber eso hacía que la pérdida fuese más real.

Pero ella no se quedó allí para explicarle nada más. Se dio la vuelta y salió del baño hecha una furia. Lucas tomó una toalla y, envolviéndosela en la cintura, fue tras ella.

—Escúchame, deja que te explique.

Aunque cómo iba a explicarle que había querido destruir a su padre y a su familia ahora que Everett no estaba se le escapaba por el momento.

—Aléjate de mí —le advirtió ella, echando chispas por los ojos—. No quiero volver a verte en toda mi vida.

Le había hecho daño, le había hecho daño de verdad.

—No estaba intentando hacerte daño a ti...

—Es lo único que has hecho. Y esta vez a propósito... me has hecho el amor, has hecho que volviese a enamorarme de ti mientras no dejabas de maquinar cómo destruir a mi familia.

Estaba enamorada de él, pensó Lucas. Y no estaba mintiendo. El dolor que había en sus ojos lo confirmaba.

—Mi venganza, como tú la llamas, era contra tu padre. No contra ti.

–¡Mi padre está muerto! Y ahora, también lo están mis sentimientos por ti.

Lucas no sabía qué hacer, qué decir, sólo sabía que tenía que retenerla allí unos minutos más. Hablar con ella.

–¿Qué vas a hacer, volver a Miami, poniéndomelo así en bandeja?

–Canalla…

–Tú eres mejor que eso, Nadia. Muéstrame a la mujer que me lo ha puesto tan difícil durante estos años. A menos que estés dispuesta a hacer que tus hermanos lo pierdan todo.

Nadia estaba lívida, temblando de ira.

–¡Espero que te quemes en el infierno junto a mi padre! ¡Sois tal para cual!

–Estar postrado en una cama de hospital sabiendo que había matado a nuestro hijo, que mi mujer no quería saber nada de mí y que probablemente no volvería a caminar también fue un infierno para mí, Nadia. Pero si hubiera querido jugar sucio te habría dejado dormir el otro día pasada la medianoche. Con eso habría sido suficiente.

–Ah, qué magnánimo –replicó ella, irónica–. ¿Sabes una cosa, Lucas? Yo lo perdí todo el día del accidente. Perdí al hombre al que amaba, a mi hijo, la posibilidad de tener más... un mes después descubrí que mi madre decidió suicidarse en lugar de quedarse a mi lado. Ella me dejó como si no le importase nada, igual que tú. Perdí todo lo que era importante, todo lo que el dinero no podía comprar, así que no me hables de tu infierno. Yo he jugado a ese juego y he logrado sobrevivir, pero podría haber terminado como mi madre. Y te aseguro que muchos días ésa me parecía la mejor opción porque pensé que no me quedaba nada por lo que vivir –Nadia hizo una mueca–. Pero se me olvidaba que tú no tienes conciencia. Saber que estuve cuatro años deseando haber muerto contigo en ese accidente no significa nada para ti. Querías saber por qué no me fui a Nueva York, ¿verdad? Porque ya todo me daba igual. No pensaba vivir el tiempo suficiente como para terminar una carrera. Estaba demasiado ocupada intentando encontrar valor para suicidarme –Nadia abrió la puerta y, atónito por su palabras, Lucas la dejó ir–. No vuelvas a acercarte a mí en toda tu vida, Lucas Stone –le advirtió–, o pediré una orden de alejamiento contra ti. Y luego llamaré a la prensa para contarles lo egoísta, mentiroso y canalla que eres.

La puerta se cerró en su cara y Lucas tuvo que apoyarse en la pared.

Nadia había pensado en el suicidio…

Y si hubiera terminado con su vida, habría sido enteramente culpa suya.

Atrapada.

Nadia se dejó caer sobre una silla de la terraza, tan lejos del apartamento de Lucas como le era posible. El pesado aire de la noche se cerraba sobre ella, caliente, húmedo, sofocante.

No podía irse de Dallas.

Sus hermanos contaban con ella, la biblioteca contaba con ella, ella contaba consigo misma. Huir de sus problemas y llamar a alguien para que los solucionase ya no era una opción. Su padre tenía razón, era hora de hacerse mayor.

De modo que miró el móvil por enésima vez. Tenía que hacer esa llamada, pero era la más difícil de su vida; tenía que decirle a su hermano que Lucas había vuelto a traicionarla, que había vuelto a utilizarla para conseguir lo que quería. No era territorio nuevo para ella.

–Rand Kincaid.

–Rand, soy yo. Siento llamar tan tarde.

–¿Qué ocurre, Nadia?

–Tenías razón, es una venganza personal. Lucas es el propietario de Andvari, de Teckitron y de Mardi Grass.

–¿Qué? Cuéntame todo lo que sepas.

Nadia le contó lo que había ocurrido esa tarde y, cuando terminó, se echó hacia atrás en la silla, agotada.

–¿Estás bien? Puedo enviarte un avión privado ahora mismo…

–No, no, estoy bien –lo interrumpió ella–. No vamos a entregarle la empresa a ese sinvergüenza. Voy a quedarme aquí, sin moverme. Vamos a luchar hasta el final.

–¿Qué quieres que haga?

–Tú sigue encargándote de que Lucas no nos robe el negocio. Yo estoy bien –suspiró Nadia–. ¿Por que lo haría, Rand? –le preguntó luego–. ¿Por qué querría papá dejárselo todo a un hombre al que pagó por dejarme? ¿Por qué eligió a Lucas por encima de sus propios hijos?

–Papá era un hombre muy retorcido –dijo su hermano–. Es imposible saber por qué lo hizo, pero es lo más absurdo que he oído en mi vida. Él detestaba a Stone. En parte porque pensaba que sólo quería nuestro dinero, en parte porque no quería soltarte. Tú le recordabas mucho a mamá… –la voz de Rand sonó un poco trémula–. Y la verdad es que te pareces a ella; tu voz, tu risa… y eres tan artística como mamá.

Rand lo sabía bien. Él tenía catorce años cuando Mary Elizabeth murió y era lo bastante mayor como para recordarla.

–Cuando esos cerdos intentaron secuestrarte a los doce años, papá se volvió loco. Y a partir de entonces no soportaba que te apartases de su lado.

–Dímelo a mí.

–Seguramente te quería todo lo que el viejo bastardo era capaz de querer a alguien –suspiró Rand–. ¿Seguro que estás bien?

–Sí, sí, estoy bien. No te preocupes, no estoy deprimida, estoy furiosa. ¡Más que eso!

–Sobre Stone…

–No te preocupes por él. Ahora que sé lo que es, sé también cómo hacerle frente.

Valientes palabras, aunque no fueran ciertas. Pero si se daban cuenta de lo vulnerable que era en ese momento, sus hermanos irían a buscarla a Dallas sin pensarlo dos veces. Y Lucas, el desalmado, se lo llevaría todo.

Pero Nadia no iba a dejar que eso pasara. Aquélla era su batalla y la ganaría en su terreno y con sus condiciones.

—

–Tienes muy poca vergüenza viniendo aquí –le espetó Rand Kincaid.

Lucas no había esperado una bienvenida calurosa cuando entró en las oficinas de Cruceros Kincaid. Había esperado un puñetazo en la cara... eso, si conseguía que los de seguridad le dejasen subir. Y, a juzgar por la expresión de los hermanos Kincaid, podría llevarse un par de puñetazos antes de salir de la sala de juntas.

Pero estaba dispuesto a arriesgarse.

—¿Cómo está Nadia?

—No es asunto tuyo —contestó Mitch.

—El guardaespaldas es innecesario. No voy a hacerle daño.

—¿Qué es lo que quieres? —le espetó Rand.

—Que lleguemos a un acuerdo.

Sabía que no iba a ser fácil. Había tardado diez días de reuniones con el equipo jurídico de su empresa y una legión de abogados para encontrar una salida al absurdo testamento de Everett Kincaid.

Pero ninguno de los Kincaid lo invitó a sentarse.

—¿Un acuerdo contigo? Ni lo sueñes.

—Tengo entendido que si no cumplís las condiciones del testamento de vuestro padre, la línea de Cruceros Mardi Grass se convertirá en la propietaria de Cruceros Kincaid. ¿Estoy en lo cierto?

Rand plantó los puños en la mesa y se inclinó hacia delante.

—¿Cómo sabes tú eso?

—Nadia me contó parte antes de saber... bueno, ya me entendéis. El resto lo he descubierto al leer una copia del testamento.

—Serás bastardo... ¿cómo has conseguido una copia del testamento?

—Creo que la frase favorita de vuestro padre era: «todo el mundo tiene un precio y una debilidad. Si las buscas, las encuentras». Everett explotó mi debilidad, mi familia, y descubrió mi precio. Fue horrible por mi parte aceptar el dinero y abandonar a Nadia. Sé que le hice daño y mis razones para aceptar el dinero no importan. No voy a poner ninguna excusa por haber sido un estúpido y un cobarde.

Rand y Mitch Kincaid se miraron.

–Mi venganza era contra vuestro padre, pero él ha muerto y es hora de terminar con esto de una maldita vez. Quiero venderos la línea de cruceros Mardi Grass.

Ni el uno ni el otro, perplejos, dijeron una palabra, como era de imaginar. De modo que, aprovechando que tenía toda su atención, Lucas puso el maletín sobre la mesa y sacó un montón de documentos.

–Mis abogados han redactado estos documentos de compra-venta...

–¿Por qué? –preguntó Rand.

–Porque si Cruceros Kincaid es la propietaria de Cruceros Mardi Grass, ya no habrá enemigo. No tendréis que cumplir con las absurdas condiciones del testamento. Hagáis lo que hagáis, no perderéis la empresa.

–Podría funcionar –murmuró Rand, echándole un vistazo a los papeles–. Pero nuestro equipo jurídico tendría que revisar el contrato.

–Sí, claro.

–Pero no podemos comprarla –dijo Mitch, sacudiendo la cabeza–. Ahora mismo no tenemos ese dinero... como tú sin duda sabes ya que has adquirido el préstamo que pidió mi padre. Éste es un gesto vacío, Stone. Y si exiges el pago del préstamo ahora mismo, estaremos mucho peor que antes.

–No voy a exigir el pago de nada, aunque admito que ése era mi plan. En cuanto a si podréis comprar

Cruceros Mardi Grass... creo que aún no habéis visto el precio que pido por la compañía. Página cincuenta, último párrafo.

Mitch pasó las páginas del documento a toda velocidad y, unos segundos después, los dos Kincaid lo miraban con total perplejidad.

—¿Te has vuelto loco?

—Tu padre tenía intención de venderme la empresa Kincaid por un dólar. Es justo que yo pida lo mismo.

Perdería miles de millones, pero le daba igual porque, como dos semanas sin Nadia le habían enseñado, algunas cosas valían más que el dinero.

—¿Cuál es la trampa? Tiene que haberla.

Lucas sonrió porque, por supuesto, había una trampa. Siempre había una cuando el trato sonaba demasiado bueno para ser verdad.

—Despedid al guardaespaldas. Quiero hablar con Nadia.

—Ella no quiere hablar contigo —replicó Mitch.

—Ése es el trato. O hablo con ella esta noche, en la subasta de la biblioteca, o no hay oferta.

Mitch seguía pareciendo a punto de darle un puñetazo, pero Rand lo miró con una extraña expresión.

—Tienes una noche. Después de eso, si mi hermana no quiere saber nada de ti, será mejor que te apartes, Stone.

—Trato hecho —dijo Lucas.

Capítulo Once

–Te estás arriesgando demasiado, Cenicienta. Es muy tarde.

Nadia dio un salto al oír esa voz, a punto de caerse de sus tacones de Dolce & Gabanna.

–Lucas, vete, no tengo tiempo para ti.

Llevaba dos semanas evitando encontrarse con él y las horas que había tenido que trabajar organizando la subasta benéfica la habían ayudado mucho.

Cuando lo vio entre la gente esa noche había querido salir corriendo. Le dolía verlo con ese esmoquin tan elegante y saber que había amado y confiado dos veces en un hombre que no merecía ni su amor ni su confianza. Pero en lugar de salir corriendo, sencillamente había hecho su trabajo como maestra de ceremonias y, estando en el escenario, no había tenido que hablar con él.

Nadia miró alrededor. ¿Dónde estaba el coche? Si no lo encontraba pronto tendría que tomar un taxi y...

–He enviado a guardaespaldas a casa –dijo Lucas entonces.

–¿Qué? ¿Qué es esto, otra trampa para quedarte con la empresa de mi familia?

–Tus hermanos no te lo han contado.

Era una afirmación, no una pregunta.

–¿No me han contado qué?

—Que hemos hablado.

—¿Has hablado con Mitch y Rand? ¿De qué?

Lucas sacudió la cabeza.

—Te llevaré a tu casa antes de medianoche, pero tienes que confiar en mí, Nadia.

—Sí, claro, porque confiar en ti es lo más sensato —replicó ella, irónica.

—Confía en mí —repitió Lucas, mirándola a los ojos.

Nadia miró sus ojos azules y se llamó idiota a sí misma por no mandarlo al infierno. Pero ella ya no huía de sus problemas, se enfrentaba con ellos.

—¿Dónde esta tu coche?

—Sígueme —dijo él, volviendo a la puerta del hotel donde había tenido lugar la subasta.

—Tengo que irme ahora mismo. ¿Dónde esta tu coche?

—En el tejado.

—¿Qué?

—En realidad no es un coche, es un helicóptero. Tenemos que subir al helipuerto de la terraza —contestó Lucas, abriendo la puerta de cristal.

—¿Has venido en helicóptero?

—Estaba fuera de la ciudad y mi vuelo se retrasó, así que vine directamente en helicóptero. También hay un helipuerto en el tejado de mi... de nuestro edificio.

A Nadia le daba igual mientras la llevase de vuelta al apartamento antes de medianoche. Pero, fuera cual fuera el modo de transporte, la compañía de Lucas Stone haría desagradable el viaje.

—¿Por qué llamaste a Mary Branch para pedirle que me encargase de la subasta? —le preguntó mientras subían en el ascensor.

—¿Eso sí lo sabes?

–Claro que lo sé. ¿Creías que no iba a enterarme tarde o temprano? –le espetó Nadia, furiosa–. Eres igual que mi padre, el fin justifica los medios.

–Quería desquitarme y me obsesioné con humillar a tu padre como él me había humillado a mí, es verdad. Y es posible que durante un tiempo haya sido como él, pero ya no.

–Ya, claro. Es muy humillante aceptar dos millones de dólares.

–¡Me hizo suplicárselos, maldita sea! –exclamó Lucas, apartando luego la mirada–. Everett mencionó la posibilidad de presentar una demanda por homicidio... por la muerte del niño. Y eso significaba tener que contratar a un abogado y enfrentarme con la posibilidad de ir a la cárcel.

Sí, su padre habría hecho algo así, sin la menor duda. ¿Pero que por eso Lucas hubiera decidido hundir a toda la familia, incluso a ella?

–Llévame a casa.

Unos minutos después estaban atravesando el cielo nocturno de Dallas. Fueron en silencio durante unos minutos... hasta que Nadia oyó un tintineo. Y cuando volvió la cabeza, Lucas tenía en la mano un juego de llaves con el emblema de Mercedes.

–¿Qué es eso?

–Es un regalo para ti. Enhorabuena por pasar el examen de conducir.

–¿Cómo lo sabes? Ah, claro, me espías.

–Porque me importas lo suficiente. Estoy muy orgulloso de ti, Nadia.

–No me cuentes más mentiras. Estoy harta –dijo ella, intentando contener las lágrimas.

–No es mentira.

Cuando llegaron a la terraza del edificio y las aspas del helicóptero empezaron a perder velocidad, Lucas le ofreció su mano. Nadia tardó unos segundos en decidirse, pero al final la aceptó para bajar por la escalerilla. Sin embargo, cuando quiso soltarse, él siguió apretándola. Y siguió haciéndolo hasta que llegaron a la puerta de su apartamento.

–Invítame a entrar.

Debería decirle que no. Las últimas dos semanas habían sido un infierno...

–Ha sido un día muy largo. Puedes entrar cinco minutos, nada más. Aunque no sé para qué, no tengo nada que decirte.

–Yo sí tengo algo que decirte –Lucas se aclaró la garganta, metiendo las manos en los bolsillos del pantalón–. Quiero pedirte perdón por haberte subestimado hace once años. La verdad es que no eras tú quien creí que fracasaría sino yo. No me sentía como un hombre y esperaba que me rechazases, por eso decidí rechazarte yo primero. Estaba intentando salvar el poco orgullo que me quedaba.

Su honestidad la dejó aturdida.

–Tenías miedo.

–Estaba aterrorizado. Pero no tanto como el otro día, cuando me dijiste que habías contemplado el suicidio. Nadia... –su voz se rompió–. No hubiera podido vivir con mi conciencia.

–Tuve ayuda profesional. Y a mi familia.

–Deberías haberme tenido a mí.

–Sí, eso habría estado bien. Podríamos habernos ayudado el uno al otro, pero no fue así.

–Mira, no puedo remediar lo que hice mal, pero te juro que no volveré a subestimarte. Y jamás, por nada del mundo, haré nada que pueda hacerte daño. Danos una segunda oportunidad. Te necesito en mi vida.

–¿Cómo voy a confiar en ti? No has hecho más que mentirme...

–Mi deseo de venganza ha terminado. Dejé que la empresa Kincaid se convirtiera en un símbolo de mi orgullo herido cuando acepté el dinero de tu padre. Me sentía avergonzado. Sabía que había hecho mal y que había sido un cobarde por no hablar contigo. No lo sé... pensé que humillando a tu padre restauraría la fe que había perdido en mí mismo.

Nadia lo miró, pensativa.

–¿Por qué nos ha amenazado en su testamento con dejártelo todo a ti?

–No tengo ni idea. Imagino que nunca me perdió la pista y a lo mejor quería recompensarme por convertirme exactamente en el hombre al que más despreciaba en el mundo –Lucas puso las manos sobre sus hombros–. Pero ya no soy ese hombre, Nadia. Te quiero, no he dejado de quererte en estos once años.

Ella contuvo un gemido de emoción.

–No digas eso...

–Admiro tu determinación, tu inteligencia, tu deseo de probarlo todo al menos una vez. Pero te ruego que conmigo lo hagas dos veces. Dame una segunda oportunidad para arreglar lo nuestro, para hacerlo bien. Te lo suplico.

Nadia no sabía qué pensar. Era imposible que estuviera mintiendo. En sus ojos había tal sinceridad... pero ella ya no era la chica que había sido cuando se casó con él. Y ya no podría tener la vida que había planeado.

En ese momento sonó su móvil y, al principio, decidió no hacerle caso. Pero no dejaba de sonar y, al final, tuvo que mirar la pantalla. Era su hermano Rand.

–Contesta –dijo Lucas.

Nadia se llevó el teléfono a la oreja.

–Dime, Rand.

–¿Estás con Stone?

–Sí, pero…

–Dale un dólar y dile que trato hecho.

–¿Qué?

–Hazlo, Nadia. Ya te lo explicaré luego –Rand colgó y Nadia se quedó mirando el teléfono, estupefacta–. Qué cosa más rara. Me ha dicho que te dé un dólar y te diga que trato hecho. ¿Se puede saber qué…?

–¿Tienes un dólar? –sonrió Lucas.

–Sí, tengo un dólar. ¿Pero por qué iba a dártelo?

Lucas alargó la mano, con la palma hacia arriba. Desconcertada, ella sacó un billete del bolso y lo puso en su mano.

–¿Vas a explicarme qué significa esto?

–He estado esta mañana en Miami hablando con tus hermanos. Y hemos llegado a un acuerdo.

–¿Qué clase de acuerdo? –preguntó ella, recelosa.

–Kincaid es ahora la propietaria de Cruceros Mardi Grass… o lo será en cuanto los papeles hayan sido firmados.

–¿Qué?

–La empresa Kincaid ha comprado Cruceros Mardi Grass por un dólar, el precio que puso tu padre. Cuando el trato esté cerrado puedes salir de aquí e ir donde quieras. Serás libre. Ya no estarás atrapada aquí durante un año.

–No entiendo nada. ¿Por qué ibas a vender tu empresa a Kincaid por un dólar? Cruceros Mardi Grass vale miles de millones. ¿Qué sacas tú con ello?

–Quiero que seas feliz, Nadia. Con o sin mí. Eso es lo único que he querido siempre. Incluso cuando me marché hace once años, ése era mi objetivo.

Nadia tuvo que parpadear para aclarar su visión. ¿Qué era aquello, un sueño?

–No puedes hablar en serio.

–No he hablado más en serio en toda mi vida. ¿Vas a irte, Nadia?

Ella lo pensó un momento.

–No voy a irme. Voy a quedarme en Dallas durante un año porque mi padre esperaba que fracasara. Necesito demostrarle a él y a mí misma que puedo lidiar con lo que la vida me ponga por delante.

–Ésa es la actitud de la mujer que le ha hecho la vida imposible a Andvari durante cuatro años.

–No soy la chica de la que te enamoraste hace once años, Lucas. No puedo darte la familia que deseabas. No puedo tener hijos.

–No nos hace falta tener hijos para ser felices.

–Ni siquiera sé si quiero adoptar. Los médicos dicen que no he heredado ese gen defectuoso de mi madre, pero ¿y si se equivocan?

–Una vez dijiste que no te había dado la oportunidad de demostrar el amor que sentías por mí, pero yo te pido ahora que me des la oportunidad de demostrarte el mío. Yo te querría aunque terminaras siendo como tu madre. Y, si hiciera falta, cuidaría de ti para toda la vida –Lucas tomó su cara entre las manos–. Te quiero, Nadia. Deja que te lo demuestre.

Y luego sus labios rozaron los suyos en el beso más dulce que le había dado nunca. Nadia lo miró a los ojos y, al ver la misma emoción que debía haber en los suyos, su corazón se llenó de amor. Pero las lágrimas de felicidad casi le impedían hablar.

–Quiero tener esa oportunidad, Lucas.
–Cásate conmigo.
–Ya estoy casada contigo.
–Cásate conmigo de nuevo, Nadia. Esta vez para siempre.

Epílogo

Nadia, sentada detrás de su escritorio en Cruceros Kincaid, suspiró, satisfecha. Era estupendo estar de vuelta en el trabajo.

Su año en el exilio había pasado volando, gracias a Lucas, y la vida era maravillosa.

No, más que maravillosa porque ahora lo tenía todo: un marido que la adoraba, un trabajo que la entusiasmaba y una familia. Dos en realidad, la suya y la de él.

Nadia volvió a leer la tarjeta que la madre y las hermanas de Lucas le habían enviado esa mañana junto con un ramo de flores:

Fiesta a la 19:00 para celebrar tu primer día en el trabajo. Prepárate para bailar al estilo Stone. Nosotras ponemos los martinis.
Las chicas de Lucas

–Señorita Kinc... señora Stone, su marido está aquí –le dijo su ayudante por el intercomunicador.

–Dile que pase, Ann –Nadia se levantó para recibirlo en la puerta.

Lucas entró en el despacho unos segundos después, tan guapo como siempre, en esta ocasión con un traje oscuro de Armani. Pero era ver cómo se iluminaban sus ojos al mirarla lo que hacía que su corazón se volviese loco. Ni una sola vez en los últimos meses había tenido una razón para dudar de su amor y su lealtad.

Él cruzó el despacho en dos zancadas y no se detuvo hasta tenerla entre sus brazos. Nadia adoraba sus besos; los suaves, los tiernos, los apasionados, los tentadores, pero especialmente aquella clase de beso, la que prometía muchos más después.

–¿Qué tal el primer día de trabajo?

–Bien –contestó ella. Después de un beso no podía esperar una frase larga. Y tenía suerte de que pudiera decir una sola palabra.

–¿Estás lista para esto? –el sol brillaba sobre su alianza, la que le había regalado once años antes, mientras sacaba un sobre del bolsillo.

Las palabras finales de su padre. Nadia vaciló.

Cada uno de los hermanos había recibido una carta después de completar el año y Lucas se había presentado voluntario para ir a buscar la suya a la oficina de Richards. Además, le pillaba de camino porque tenía que inspeccionar el local en el que iba a instalar todos sus negocios. Mardi Grass sería parte de la empresa Kincaid, pero sus otras compañías estarían tan cerca que podrían escaparse para comer juntos todos los días.

–¿O quieres leerla cuando lleguemos a casa?

Nadia negó con la cabeza.

–No, quiero leer las palabras de mi padre aquí, donde aún puedo sentir su presencia. Es verdad que él rompió nuestra relación, pero también propició nuestro reencuentro.

Lucas le dio un sobre, pero se quedó con otro en la mano.

–¿Hay dos cartas?

–Tu padre dejó una para mí.
–Qué raro –murmuró Nadia–. Pensé que sólo había dejado cartas para nosotros tres.
–¿Quién la lee primero?
–Yo necesito respuestas ahora mismo –Nadia se dejó caer en el sofá y se quitó los zapatos de Versace para estar más cómoda. Lucas se sentó a su lado y le pasó un brazo por los hombros.
–Tranquila.
A Nadia le temblaban las manos mientras sacaba los dos folios que había dentro del sobre, doblándolos sobre sus rodillas para que Lucas también pudiera leerlos con ella.

Nadia,
Si estás leyendo esta carta es que has pasado la última prueba que te puso tu padre. Y seguramente ahora yo estaré donde tú me has mandado cientos de veces: en el infierno. No digo que no lo mereciera, te tuve demasiado controlada. Mi única excusa es que... bueno, tengo dos. La primera, tu madre, mi querida Mary Elizabeth, me hizo prometer que cuidaría de su ángel, aunque estuve a punto de errar en eso también. Creo que ya sabía que no estaría aquí para hacerlo ella misma. Pero no dudes nunca de su amor. El problema es que no podía librarse de sus demonios. Y la pena es que yo no supe ayudarla, aunque te juro que lo intenté.

Segundo, tú me recuerdas a tu madre en tantas cosas. Tu risa, tu alegría, tus ganas de vivir y tu talento artístico. Aunque tú eres mucho más fuerte que ella. Fue muy difícil para mí salir adelante sin Mary Elizabeth y no creo que hubiera podido sobrevivir sin ti, Nadia. Pero estuve a punto de perderte y fue enteramente culpa mía.

Intentando protegerte de la pena, también te robé la alegría de vivir. Estoy seguro de que si te hubiera apoyado cuando te enamoraste de Lucas Stone no habrías perdido el niño. Y no habrías sufrido tanto. El sentimiento de culpa me ha comido desde entonces y lo empeoré aún más librándome de Stone.

Estaba equivocado sobre él, Nadia. Y tú sabes cuánto me irrita tener que reconocer que me he equivocado en algo. Pero no debería haber intentado hacer de Dios. Él te quería y yo no tenía ningún derecho a apartarlo de tu lado. Pero lo hice, sin el menor reparo le pateé cuando estaba caído. Cuando recuerdo mi vida, ése no es precisamente el momento del que me siento más orgulloso, te lo aseguro. Intentando hacerte la vida más fácil, te robé el amor de tu vida y te negué la posibilidad de tener lo que yo tuve con tu madre. Enviarte a Dallas, donde te encontrarías con Stone, puede que haya sido demasiado tarde, pero tenía que intentarlo. Y no sabes lo que me duele no estar ahí para ver el resultado de ese encuentro.

Tú eres tan dura como yo. Por eso verte tan mal después del accidente me rompía el corazón. Y sí, sé que te sacaba de quicio, pero eso era mejor que verte ir por la casa como un fantasma sin que nada te importase.

Si mientras lees esta carta Stone está a tu lado, entonces os deseo a los dos muchos años de felicidad y me reservo el crédito por enmendar el mayor error de mi vida. Si no está contigo, no es el hombre que yo creía que era y no te merece. A la porra con él.

Pero sé que tú eres obstinada, como tu viejo. Si no está contigo y tú lo quieres, te advierto que sigues casada con él. Los papeles del divorcio eran una falsificación porque tú nunca pudiste firmar nada. De nuevo, mis intenciones eran buenas, mis métodos no tanto. Si alguno de los dos hubiera querido volver a casarse me habría encontrado en un buen lío, pero imaginé que como esa clase de amor sólo se encuentra una vez en la vida, iba sobre seguro.

Dos últimos consejos para ti, Nadia. Primero, recuerda que si tú no crees en ti misma, nadie más lo hará. Espero que eso te dé cierta confianza. Y segundo, vive la vida al máximo, lo bueno y lo malo, antes de que pase el tiempo y lamentes lo que no has hecho o no has dicho. Como yo.

Nunca te he dicho que te quiero, hija. Ahora no podré hacerlo salvo en estas palabras escritas en un papel. Demasiado poco, demasiado tarde.

Te quiero, Nadia. Y estoy muy orgulloso de ti. Tu madre también lo hubiera estado. Tú eres lo mejor que Mary Elizabeth y yo hicimos juntos.

Tu padre,
Everett Kincaid

Nadia parpadeó furiosamente y Lucas le ofreció su pañuelo.

—Mis padres me querían. No te imaginas cuántas veces me lo he preguntado.

Lucas apretó su cintura.

—Ya te dije que era imposible no quererte, princesa.

—Pero mi padre no explica en esta carta la cláusula sobre Mardi Grass. ¿Por qué te elegiría a ti por encima de sus hijos?

—Supongo que estamos a punto de enterarnos —suspiró él, abriendo el segundo sobre, del que sacó un folio escrito a mano.

Stone,
Le he hecho daño a todos mis hijos, pero sobre todo a ti. Y al hacerlo, estuve a punto de perder a Nadia. Irónico, ¿verdad? Intentando destruirte, casi destruí a la persona más

importante del mundo para mí, mi hija, la viva imagen de mi Mary Elizabeth y la niña de mis ojos.

He seguido tus progresos durante todos estos años, quizá porque esperaba que demostrases que había hecho bien librándome de ti. Pero no ha sido así; al contrario.

Stone, tú tienes más carácter que yo. Yo tenía esa misma ambición y esa misma inteligencia a tu edad, pero tú eres más listo, más paciente. Y como el inútil de tu padre no está por aquí para decirlo, deja que lo diga yo: eres un hombre de los pies a la cabeza. Recuerda, no es quién fuera tu padre lo que cuenta, sino quién eres tú.

Poniendo a tu familia por delante, me demostraste que había cometido un error apartándote de Nadia. Yo estaba convencido de que vuestro matrimonio era un error... y sin embargo tú has multiplicado mi dinero y lo has usado contra mí.

No me cabe la menor duda de que si no hubiera estado vigilándote como un halcón, me habrías quitado Cruceros Kincaid. Y, como yo no voy a estar por ahí para verlo, he decidido recompensarte por tu inteligencia. Pero no voy a negar que espero que mis hijos sean lo bastante listos como para contrarrestar tus ataques.

Si conoces los términos de mi testamento sabrás que podrías haber ganado haciendo trampa. Si estás leyendo esta carta es que no lo has hecho. Te he dado una segunda oportunidad para elegir entre mi dinero y mi hija y has hecho lo correcto. Y yo debo respetar a un hombre que tiene un código de honor que le impide tomar el camino más fácil.

Me porté muy mal contigo la última vez y por eso te pido disculpas. Pero lo he pasado muy bien viendo a mi hija pelearse con Andvari. Eso es lo que me hizo pensar que estabais hechos el uno para el otro.

Ojalá pudiese quedarme por aquí para ver cómo termina

esta batalla, porque estoy seguro de que va ser muy interesante.

Cuida de mi hija, Stone. Quiérela y a los hijos que adoptéis hasta el día de tu muerte. Si no lo haces, volveré de la tumba para darte una patada en el trasero.
Respetuosamente,
Everett Kincaid

La última frase hizo reír a Nadia, que aún seguía llorando, pero eran lágrimas de felicidad.

–Sólo mi padre podría decir algo así.

–Everett sabía que yo estaba detrás de Andvari.

–Y creía que íbamos a adoptar algún niño…

–Princesa, yo soy feliz sólo contigo.

–Pero yo siempre he querido una familia y tú serías un padre tan maravilloso… –Nadia respiró profundamente antes de decir lo que llevaba algún tiempo pensando–. Creo que me gustaría tener hijos contigo, Lucas Stone. Tal vez podríamos contratar una madre de alquiler… o adoptar.

Él acarició su mejilla con ternura.

–Haremos lo que tú quieras, cariño. Pero recuérdalo, tú eres todo lo que necesito para ser feliz durante el resto de mi vida.

Deseo

Oscura pasión

ANN MAJOR

Cici Bellefleur, una chica pobre de las tierras pantanosas, había amado a uno de los hermanos Claiborne y había sido seducida por el otro. Ingenuamente, había entregado su inocencia a Logan para descubrir que su seducción había tenido un solo fin. Fue una traición que no olvidaría ni perdonaría nunca.

A Logan le sorprendió descubrir que Cici había vuelto y comprender que su deseo por ella no había disminuido con el tiempo. Años antes la había seducido para apartarla de su hermano gemelo; sin embargo, esa vez el magnate se propuso conquistarla de nuevo… sin otro objetivo que su propio placer.

El hombre al que no podía resistirse

¡YA EN TU PUNTO DE VENTA!

Acepte 2 de nuestras mejores novelas de amor GRATIS

¡Y reciba un regalo sorpresa!

Oferta especial de tiempo limitado

Rellene el cupón y envíelo a
Harlequin Reader Service®
3010 Walden Ave.
P.O. Box 1867
Buffalo, N.Y. 14240-1867

¡Sí! Por favor, envíenme 2 novelas de amor de Harlequin (1 Bianca® y 1 Deseo®) gratis, más el regalo sorpresa. Luego remítanme 4 novelas nuevas todos los meses, las cuales recibiré mucho antes de que aparezcan en librerías, y factúrenme al bajo precio de $3,24 cada una, más $0,25 por envío e impuesto de ventas, si corresponde*. Este es el precio total, y es un ahorro de casi el 20% sobre el precio de portada. !Una oferta excelente! Entiendo que el hecho de aceptar estos libros y el regalo no me obliga en forma alguna a la compra de libros adicionales. Y también que puedo devolver cualquier envío y cancelar en cualquier momento. Aún si decido no comprar ningún otro libro de Harlequin, los 2 libros gratis y el regalo sorpresa son míos para siempre.

416 LBN DU7N

Nombre y apellido	(Por favor, letra de molde)	
Dirección	Apartamento No.	
Ciudad	Estado	Zona postal

Esta oferta se limita a un pedido por hogar y no está disponible para los subscriptores actuales de Deseo® y Bianca®.
*Los términos y precios quedan sujetos a cambios sin aviso previo.
Impuestos de ventas aplican en N.Y.

SPN-03 ©2003 Harlequin Enterprises Limited

¡Sólo una mujer inocente puede salvarlo!

El esquivo multimillonario Ethan Alexander rehuye todo tipo de publicidad. Por eso, cuando su rescate de Savannah Ross lo pone a su pesar ante los focos, no le hace ninguna gracia.

La figura voluptuosa de Savannah le da todo el aspecto de ser una mujer de mundo, pero no sabe muy bien cómo reaccionar con su protector. Cuando él la lleva a su palacio, ella se da cuenta de que, a pesar de sus defectos, tiene un corazón noble…

Pasión implacable

Susan Stephens

¡YA EN TU PUNTO DE VENTA!

Deseo

Amar por venganza

YVONNE LINDSAY

Casarse antes de cumplir los treinta años o perder una fabulosa herencia. Lo que para Amira Forsythe era una decisión difícil, para su ex prometido, Brent Colby, era una oportunidad de oro para vengarse.

Brent pensaba que Amira era una caprichosa joven de la alta sociedad y nunca creería para lo que de verdad necesitaba el dinero. Ocho años antes, Amira lo había humillado delante de cientos de invitados a una boda que nunca se celebró. Ahora él tenía la oportunidad de hacer lo mismo: seducirla, hacerle el amor y marcharse.

La venganza perfecta: ¡el matrimonio!

¡YA EN TU PUNTO DE VENTA!